등 뒤의 시간

등 뒤의 시간

초판 1쇄 발행 • 2019년 1월 21일
초판 2쇄 발행 • 2019년 7월 23일

지은이 • 박일환
펴낸이 • 황규관

펴낸곳 • 반걸음
출판등록 • 2018년 3월 6일 제2018-000063호
주소 • 04149 서울시 마포구 대흥로 84-6, 302호
전화 • 02-848-3097
팩스 • 02-848-3094

디자인 • 정하연
인쇄 • 스크린그래픽

등 뒤의 시간

박일환 시집

반
걸
음

시인의 말

시를 쓰면서 늘 생각하는 비유란
결국 결합이다
이것과 저것, 여기와 저기를 접붙여
새로운 의미의 세계로 들어서는 것
그런 게 시의 기초라고 배웠다

길을 가다 음식점 간판에 붙은
'포장 판매'
네 글자를 만났다
포장과 판매의 결합
거기서 새로운 의미, 예전에 없던 상품이 탄생했다
당신에게 가는 이 시집도 그렇다

그래서 나는 생각한다
내가 앞으로 계속 시를 쓴다면
결합이 아니라 분리에 집중해야 한다고
그동안 너무 많이 붙어먹었다는 것부터 고백해야 한다고

차례

1부

2부

3부

4부

1부

핥아주는 혀

갓 태어난 송아지를 혀로 핥아주는
어미 소의 축축한 눈망울 속에서
새끼 소가 천천히 뒷다리를 일으키고 있다

혀의 쓸모는 말을 할 때보다 핥아줄 때 더 빛난다

하얀 갈대

갈대가 흐느끼는 줄만 알았지
키를 높이려 애쓰는 줄은 아무도 몰랐다
건너편 강둑에서 누가 손짓하는지 보려고
가는 목을 자꾸 빼드는 동안
다 부질없는 일이라며 강물은
아래로 아래로 깊어지며 흘렀고
바람결에 몸을 누이면서도 갈대는
속으로 도리질을 치곤 했다
엎드려 우는 일은 마지막에 할 일이라고
아직은 강 저편의 일이 궁금하다고
강둑 끝으로 걸어간 이 아직 돌아오지 않았으니
조금만 더 조금만 더
어린 마음이 자꾸만 키를 높이며 조바심쳤다
흔들릴 때마다 서로 바짝 기댄 채
한사코 강 저편의 소식을 끌어당기는 자세로
갈대는 하얗게 늙어갔다

먹태들

　먹태와 먹태가 드잡이를 한다 얼다 녹기를 스무 차례는 거쳐야 황태가 되는데 포근한 날씨에 제대로 얼지 못해 먹태로 머문 게 노여웠을까 재 너머 덕장의 황태한테는 대들지 못하고 같은 자리에서 꾸덕꾸덕 말라간 먹태끼리 종주먹을 들이댄다 동해 바다 더 멀리는 알래스카 앞바다를 헤엄치던 기개는 어디로 팽개치고 네 멱살이 질긴지 내 멱살이 질긴지 대보자는 심사가 사납다 먹태는 먹태어서 먹태한테만 대들고 그런 먹태를 뜯으며 맥주를 마시던 먹태들이 갑자기 서로에게 맥주잔을 던지며 엉겨 붙는다 붉은 전등 빛은 아수라도가 그려진 벽화를 향해 출렁거리고

갑질 시대

　물오징어가 물이나 먹고 있는 동안 갑오징어는 갑질에 재미가 붙어 희희낙락이다 뼈대 있는 가문 출신은 뭐가 달라도 다르다는 속설을 밀어내고 싶지만 갑오징어의 다른 이름이 참오징어라는 사실을 떠올리면 달리 무슨 말을 하랴 참과 거짓이 뒤바뀐 시대라고 입에 거품을 무는 것들은 전부 뼈대 없는 것들이니, 연대만이 살길이라고 외치며 풍덩풍덩 물속으로 뛰어든 물오징어들은 여전히 갑옷 한 벌 마련하지 못했는지 아직 돌아오지 못하고 있다

달과 껌

달은 씹어도 씹어도 질리지 않는다
가끔 단물이 다 빠져 후줄근해진 달이
한낮에 나와 서성이기도 하지만
이내 단물을 채운 달은 다시 밤하늘로 올라간다

밤은 혼자서 달을 씹기에 좋은 시간

달은 빛난다, 은근하게 빛나는 달은
씹어도 좋을 만큼 말랑말랑 부풀어 있어
씹다 버린 껌을 다시 주워 씹던
유년의 초라한 슬픔 같은 것과는 거리가 멀다

한낮에 몰려다니던 소음을 잠재우고
먼 나라에서 타전돼 오는 소식도 꺼두고
다만 고요한 밤하늘
구름 사이로 흘러가는 달을 좇는다

바보처럼 살아온 날들을 용서받자는 게 아니다

바보처럼 살지 말자는 다짐을 하기 위해서도 아니다
다만 오래오래 씹고 있노라면
놀랍지도 않지만, 그래서 더욱 놀라운 사건이 벌어진다

사랑이라는 말, 이미 낡았다고 생각한 그 말이
침과 함께 꿀꺽, 목구멍 안으로 넘어올 때
육체성을 입은 달콤함을 너무 오래 잊고 살았구나

달처럼 꽉 찬 사랑을 위해 오늘 밤은 마음껏 흔들려도
좋겠다
어두울수록 숨어들기보다 감춰둔 사랑을 깃발처럼 꺼
내 흔들어도 좋겠다

달의 힘

어두운 밤 허공에 달이 매달려 있다
끈으로 묶거나 나뭇가지에 걸린 것도 아닌데
떨어지지 않고 굳세게 매달려 있다

허공을 붙들고 늘어지는 달의 힘에 대해 생각한다
어둠과 더불어 굳건한 어떤 슬픔에 대해 생각한다
밤이 지쳐 스스로 어둠을 걷고 사라질 때까지
허공의 심장부에 닻을 내리고 있는 달의 자세를
외로움의 힘이라 불러도 될까?

곁에서 깜박이는 별은 달의 오래된 친구
하지만 별은 외로움을 이기지 못해 수많은 형제들을 거
느리고
때로는 날카로운 선을 그으며 떨어져 내리기도 하지

무심코 올려다보면 달은 눈도 끔벅하지 않는
눈물도 모르는 그로테스크
슬픔의 끝이랄지 크기에 대해 누가 말할 수 있으랴

달이 언제까지고 홀로인 이유에 대해
아무도 답을 내놓지 못하리라

달이 슬며시 자신의 뒷면을 보여줄 날이 올 것인가
차라리 자신의 몸을 지울지언정 그런 날은 오지 않으리
라는 마음에
어두운 밤하늘을 올려다본다
달은 여전히 허공을 붙든 채 우는 듯 웃는 듯 말이 없다

오래도록 너를 생각하며 지내던 날이 있었다
나는 너에게 매달린 달인가 아닌가
굳건한 믿음은 굳건한 슬픔의 힘에 걸려 쉽게 넘어지곤
했다

너훈아가 죽었다

평생을 나가 아니라 너로 살았던 사람
큰 나무 그늘에 기대어 밥벌이를 했으나
치사하게 빌붙어 산 건 아니었다

짝퉁이 살아남기 위해서는
진짜보다 더 그럴듯한 진짜로 보여야 했으니
음색부터 표정까지 빈틈없이 맞추느라 애썼을
그의 노동은 가상한 바 있었으리라

그라고 왜 벗어나고 싶지 않았겠는가
담쟁이처럼 악착같이 달라붙고 기어올라
마침내 스스로 빛나는 순간을 빚어보고 싶은 열망이
그라고 해서 왜 없었겠는가

김갑순, 향년 57세의 사내가 품었던 꿈은
자신의 이름을 건 음반을 내는 것
이루지 못한 꿈은 아스라하고
빈소에 찾아온 나운아, 니훈아들이

—아무도 찾지 않는 바람 부는 언덕에 이름 모를 잡초야
노래 한 소절 불러주었다지

나 뒤에서 너로 사는 동안
비록 쓸쓸했을지라도
훗날 무덤가에 잡초 무성히 돋거들랑
자랑처럼 걸어 나와 씩 웃어보아도 좋으리라*

* 윤동주의 「별 헤는 밤」 마지막 구절을 변용함.

산다이* 한판

풀섬에서 여수로 나오는 길
오가고호에 몸을 싣고
갑판에 모여 막걸리 잔 돌리는 사이
한 사내가 기타를 메고 나서자
돌연 노래와 춤판이 벌어진다
생판 모르던 아저씨와 아줌씨가 몸을 흔들고
배 꽁무니 하얀 포말이 덩달아 신났구나

아쉬움에 뒤돌아본댔자
다시 배를 돌릴 수도 없는 일
그리움 같은 건 먼 훗날 절로 찾아올 테니
유식한 말로 카르페 디엠!
흘러간 가락들을 호출해가며
노래하고 춤추는 저 중년들의 허리춤이
지금 이 순간의 화엄 아니랴

포말이 부서지며 배를 앞으로 밀듯이
아쉬울수록 버리고 가는 것이다

삶은 저잣거리에서 펼쳐지는 것이니
풀섬은 풀섬대로 어여삐 남고
뭍에 오르기 전 신나게 한번 흔들어보는 것이다

흘러간 노래가 힘이 되는
대낮 선상의 춤판이여, 질펀한 거룩함이여
어제가 있어 오늘이 왔고
오늘이 있어 내일이 열리는 것 아니겠느냐

* 산다이 : 전라남도 섬 지방에서 함께 춤추고 노래하며 흥거이 노는 판을 가
  리키는 말.

식탁에 수저를 올리는 일

어둠이 안개처럼 부드럽게 밀려오는
저녁 무렵이어야겠다
식탁에 숟가락과 젓가락을 가지런히 올려놓는 일로
세상의 소란함을 잠시 덮는 동안
힘겨웠던 하루가 공손히 고개를 숙인다

식탁은 풍성하지 않아도
불평을 모르는 숟가락과 젓가락은
오랜 습관처럼 나란히 자신의 옆을 내어줄 뿐
기다리는 일은 언제나 가난한 자의 몫이었으니

오늘 누가 목구멍 깊이 울음을 삼켰는지
묻지 말기로 하자
다만 식탁에 수저를 올려놓듯이
경건한 마음만 간직하기로 하자

당신의 부어오른 손등을 가만히 끌어당기는
저녁 무렵은 아무래도

저 가지런한 숟가락과 젓가락 위로

가여운 한숨처럼 스며들어야겠다

보이지 않는 손

감자 10kg들이 상자 한 옆에 새겨놓은
생산자 김우섭
나는 그가 누군지 모른다
당연히 그가 흘렸을 땀방울의 무게가 10kg 중에 얼마
나 될지
가늠하지 못한다 김우섭이건 이우섭이건
내가 실명을 밝히라고 요구하지 않았음에도
친절히 이름 석 자를 알려주지 않으면 안 될
필연의 이유가 있었으려니

당신이 얼굴까지 새겼다는 풍문에 따르면
당신과 나의 거리는 얼마나 아득해진 것이랴

사랑이 시작되는 자리

〈천하일미 닭강정〉이라는 간판을 보며
애인이 닭강정을 무척이나 좋아한다는 사실을 떠올렸으나
닭강정을 좋아하는 건 애인이지 내가 아니라서
흘낏 쳐다보고는 지나쳤다

애인을 사랑한다면 입맛도 애인의 취향에 맞추라는
그런 말씀일랑 사양하겠다
'국가를 내 몸처럼'이라든지 '이웃을 내 몸과 같이'라는 말로
나를 현혹하려 들지 마라
간혹 애인이 죽자 따라서 목숨을 버렸다는 얘기가 들려오
기도 하지만
그건 애인을 사랑해서가 아니라 어리석어서 그런 거다

더구나 천하일미라니!
원조가 진짜 원조를 거쳐 순 진짜 원조로 진화하는 방향에
대해
진화심리학 따위를 들어 해명할 필요도 없지만
거기에 천하일미라는 구라까지 얹지는 마라

＞

    이데올로기는 나를 사랑하는 대신 체제를 사랑하라고 선동
한다

    그러므로 이 시대의 강력한 반동은 나부터 사랑하는 것이다

    사랑은 내가 애인을 따라가는 것이 아니어야 하고

    애인이 나를 따라오는 것도 아니어야 한다

    나와 애인의 얼굴을 하나로 뭉뚱그리려는 체제와 이데올로
기는 사랑을 모른다

    체제와 이데올로기가 쳐놓은 막을 찢어버린 자리에서 사랑
은 시작되고

    그 길 끝에서 자유가 기다리고 있다

    사랑은 자유와 동격이며

    천하일미가 아니라 천하천미가 있는 곳이 자유의 나라일
지니

    애인이여

    내가 오늘 〈천하일미 닭강정〉을 지나쳤다고 노여워 마라

    닭강정을 사랑하는 그대를 내가 사랑하고 있지 않으냐

패스워드 시대의 사랑

내가 사는 집에 들어가려면 아파트 일층 입구에서 숫자와 기호 열 개를 눌러야 한다 그런 다음 십오층 현관에 도착해 문에 달린 네 개의 번호를 더 눌러야 비로소 집 안으로 들어설 수 있다 가끔은 번호를 잘못 눌러 한참 헤매기도 하는데, 나도 아닌 당신이 내 집에 들어서려면 얼마나 힘들 것이냐 심지어 내 마음의 문을 따고 들어오려면 얼마나 먼 길을 돌아와야 할 것이냐 나 역시 당신에게 가는 길을 모른다 모르는 채로 달려갔다가 허방만 짚고 돌아서던 캄캄한 밤이 있었다는 걸 당신은 알까?

누르기도 전에 잊어버린 패스워드를 깔고 앉아 낄낄거리는 너는 누구냐? 내장된 칩을 훔쳐 달아나는 너의 뒤꽁무니에 매달려 한사코 징징거리는 나는 어떤 인간이냐? '사랑을 잃고 나는 쓰네'*라고 말한 시인은 오래전에 죽었고, 나는 지금 생각나지 않는 패스워드를 찾아 헤맬 뿐이네

* 기형도의 「빈집」에서 .

34

올혼 섬의 밤

지상이*는
〈비무장지대로 가자〉
노래를 부르고
나는 곁에서 서툰 시 한 편을 읽고
벗들이 다투어 시와 노래를 보태는 밤
너도 보았겠지
하늘에 떠 있던 북두칠성
일곱 별들이
우리를 굽어보고 있는 걸
청진이나 회령 어디쯤에서
또 다른 벗들이
북두야 너와 나의 북두야
노래하고 있다고 상상하는 건
얼마나 벅찬 일이냐
보드카 잔 속으로 바이칼의 별이
성큼성큼 빠지는 밤
나는 이대로 잠겨 들어도 좋겠어라
수심을 헤아릴 길 없는

이 망망한 우정의 바다에

보드카 잔을 들고 빠져들어도 좋겠어라

* 노래를 만들고 부르는 가객 이지상.

후지르 마을 언덕에서

바이칼의 바람이 여기 다 모여 있구나

죄 있는 자 와서 씻어라
죄 없는 자도 와서 씻어라
부르한 바위 아래
씻은 심장을 널어놓아라

바람만이 세상의 주인이었던
태곳적 전설을 떠올리며
잠시 눈을 감으면
바람이 너를 데려가리라

절벽 같은 삶에 부딪힌
아우성들
한꺼번에 데리고 바이칼 너머
시원의 바다에 훌쩍 던져놓고 오리라

감았던 눈을 뜨면

떠나온 길 아득할지라도

바람의 기억이

너를 살아 있게 하리라

길 잃은 바람은 없다는 걸

깨우치며, 끄덕이며

쓰러진 길 입 맞추며 가게 하리라

등 뒤의 시간

봄이 와도
꺾어 나간 나뭇가지는
살아서 돌아오지 못한다
봄이 왔다고 부산한 이들 가운데
지난겨울에 무슨 일이 있었는지
제대로 기억하는 이 드물고
유난히 푸짐하게 내렸던
하얀 눈발을 은총이라 착각하며
꺾어 나간 나뭇가지 같은 건
진작 잊어버렸을 게다
눈도 쌓이면 죄업의 무게를 이루듯
아름다움은 곧잘 배반을 동반하는 법
그러므로 새순이 돋는 건
새로운 생명의 탄생이기도 하지만
그 앞에 무수한 죽음이 있었다는 걸
슬쩍 밀쳐내기도 한다

2월이 짧은 이유

빨리 겨울을 끝내고
봄맞이하러 가자는
당신의 꼬드김에 그만
꼬리를 잘라버렸습니다

잘려 나간 꼬리가
분해서 꽃샘에게 이르러 가는 동안
봄이 어디 와 있나
두리번거리곤 했습니다

바보처럼 해마다
꼬리를 잘라버리고 찾아 나선 봄은
봄봄거리며
저 혼자 잘난 체하느라 바빴고

봄꽃이 질 때쯤에야
뒤를 돌아보았지만
이미 잘려 나간 꼬리는

다시 돋아나지 않았습니다

그리움이란 말을 알게 된 게
그나마 다행이었습니다

씨방

여기 작고 둥근 세계가 있다 이 세상 모든 생명의 비밀을 품은 채 얌전히 웅크리고 있는 이 둥근 세계로부터 우리는 왔느니, 좁은 방 안에 옹기종기 포개서 잠을 청하던 궁상의 시절에도 이 작은 방들만큼은 위대함을 버린 적이 없다

톡, 터져 나오는 알갱이들로 인해 세상은 눈부신 날들을 이룰 수 있었고, 그 이전의 고요가 태초에 맞닿아 있음을 깨달은 이들이 시를 쓰고 노래를 만들었다 세상은 비록 울퉁불퉁해도 둥근 방의 자손들이 연달아 튀어나오기를 멈추지 않는 한 지구는 둥근 원을 그리며 도는 것을 멈추지 않을 것이다 그러니 경배하라 세상 모든 어머니의 품을 닮은 이 작고 둥근 방들을!

덤

미황사 배롱나무 아래서 비를 그었다
굿지 않아도 될 만큼 살살 뿌렸지만
굳이 배롱나무 아래서 그었다
배롱나무 붉은 꽃이 나 대신 빗방울을 영접했다
미황사가 고맙고 배롱나무가 고마웠다

내려주신 비가 고마웠다는 얘기는 덤이다

2부

정글 시대 약사略史 1

당신은 지금 호랑이 등에 올라탄 거에요
그렇다고 떨지는 말아요
호랑이 굴에 들어가도 정신만 차리면 산다고 했잖아요
원망도 하지 말아요
호랑이 가죽을 얻고 싶다고 한 건 당신이니까요

어지럽고 무섭다고요?
날뛰지 않으면 호랑이가 아니죠
사납지 않으면 그게 어디 호랑이겠어요, 고양이지

참, 호랑이 꼬리를 조심하세요
자칫하면 꼬리로 잔등을 후려치는 수가 있거든요
오늘도 무사히!
그리고 보면 우린 너무 친절해요

호랑이 등에서 뛰어내리다가 아예 골로 가기 전에 꽉 붙
들어요
그것만이 살길이라는 걸 당신도 이제 알만큼 되지 않았

나요?

호랑이 한 마리가 휙!

지나간 자리에, 이 피비린내는 뭐지?

정글 시대 약사略史 2

사는 게 참 징글징글해

당신의 말 속에 담긴 속내를 헤아리다

당신이 살고 있는 세상이 정글이기 때문이라고,

그래서 징글징글 대신 정글정글이라는 말을 만들어 쓰면 좋겠다고

중얼거린 적이 있다

사는 게 참 정글정글해

말해놓고 보니 우리 모두 정글 탐험대가 된 게 아닐까 싶기도 하고

지금 우리가 배우고 있는 모든 것이

정글에서 야수를 만났을 때의 생존 전략이나 독충과 독초를 알아내는 법에 대한 것일지도 모르겠다는 생각을 하며

노량진 고시촌을 향해 종종거리는 발걸음들을 본다

놀이터에서 정글짐을 타고 노는 아이들에게 쏟아지는 햇살을 거두어

그물을 짜볼까? 정글정글한 세상을 동여맬 수 있는 햇살 그물

어쩌면 희망은 그런 것일지도 몰라

햇살을 받아 자라는 아이들이 정글짐을 벗어나는 순간부터

생기를 잃어버리고 마는, 실감이 없는 상태에서도 습관적으로 중얼거리는,

바람 빠진 주술 같은 것

정글정글한 세상은 산지사방에 안개를 풀어놓고 길을 잃게 만들지

길을 잃고 서로 부딪쳐 넘어지면, 모든 게 앞을 보지 못한 탓이라고 자학하게 만들지

햇살 그물을 풀어 안개 자욱한 정글 세상을 몰아낼 수 있다면……

꿈꾸는 당신에겐 늘 잠이 부족하고

창궐하는 바이러스처럼 세상은 정말이지 정글정글해!

정글 시대 약사略史 3

『정글북』은 어릴 적 읽은 동화책
늑대 부모 밑에서 자란 모글리의 모험이 가득한 이야기는
영화로도 만들어졌지

버전 업! 2012년 한국판『늑대 소년』송중기는
소녀 팬들을 사로잡았으니
동화책과 영화에 나오는 정글과 늑대는
판타스틱 그 자체

어린이 여러분, 환상과 모험의 세계로 오세요
에버랜드의 사파리 체험까지 곁들이면
사자와 호랑이도 어느새 캐릭터 세계의 주인공으로 변하지

모험의 나라를 그리워하는 어린이들을 위해
어떤 선물을 준비해둘까?
자, 차례로 줄을 서서 무료입장권을 받으세요

잘 생긴 늑대 소년을 만나러 가는 정글 여행에 오신 걸
환영합니다
짝짝짝!

다음엔 어떤 버전의 세계가 기다리고 있을까?
진화의 법칙은 주도면밀해서
우리 안에 갇힌 우리의 운명은
사파리가 결코 은유가 아니라는 걸 알려주지

포획되었으나 포획된 줄 모르는 척하기
순응을 적응으로 포장하며 자유의지가 있다고 믿는 척
하기
희희낙락하며 스스로 올가미를 거는 동안

둥근 해가 떴습니다
자리에서 일어나서 이를 닦고, 세수하고, 머리 빗고, 옷
을 입고, 밥을 먹고, 인사하고
사파리의 세계로 갑니다, 씩씩하게 갑니다

정글 시대 약사略史 4

살아남는 일만이 지상 최고의 쇼가 된 지 오래
손에 검과 방패를 들고
상대를 죽이기 전에는 빠져나오지 못하는 콜로세움

검투사의 운명은 황제의 엄지에 달려 있지
검투사와 관중은 황제의 영구 집권을 위해
사력을 다해 싸우고 사력을 다해 환호하지만
황제도 검투사도 관중도 사라지고 난 지금
여전히 남아 있는 것은 저 거대한 콜로세움뿐

황제의 뜻을 거역한 검투사들이 종종 반란을 일으키기
도 했지만
돌아온 것은 무자비한 진압과 살육이었음을
역사책에서 떠듬떠듬 읽었던가, 기억을 덮는 망각의 보
자기가
하얗게 펼쳐지고 있는 오늘
검투사 수업을 마친 수려한 젊은이들이
넥타이를 매고 고층 빌딩 엘리베이터 앞에 서 있다

> 　

　장막 너머에서 회장님이 엄지를 치켜들면

　먹느냐 먹히느냐 인수합병을 위한 전투가 시작되고

　주식 현황표와 양도성예금증서와 펀드와

　헤드헌터에게 낙점을 받기 위해 넥타이를 고쳐 매는 검

투사들이여

　콜로세움보다 더욱 거대한 황금 신전을 향해

　돌진하고 또 돌진하라

　신전 앞에 무릎 꿇고 입 맞추지 않는 자는

　가차 없이 공화국에서 추방당할지니

　자본과 권력의 굳건한 신성동맹을 위해

　오늘도 자꾸만 키를 높이는 빌딩 숲 사이에서

　기약 없는 내일의 해가 뜨고 진다

정글 시대 약사略史 5

새해 아침 떡국 대신 공포 한 그릇이 놓였다
뚝딱 먹어치워
작년 새해에도 먹어봤으니 낯설지는 않을 거야
공포는 속삭임
공포는 지저귐
공포는 부드러운 포옹

공포 한 그릇을 비우고 올해도 모든 치욕을 참아내기로
한다
내리는 눈도, 비도, 바람도 모두 일용할 양식으로 삼기
로 한다
피해갈 수 없다면 즐기라는 말 대신
피해갈 수 없다면 먹어버려라
올해의 모토도 역시 변함없으리니

새해에도 행복하시라는 문자 따위 씹어 삼키고
올해의 공포는 작년보다 맛있구나
입맛을 다시며 뱀이 벗어놓은 허물을 두르고

세상 속으로 들어가야지
입구만 있고 출구는 없다는 건 새삼스럽지도 않은 얘기

아직 수치심이 남아 있다고?
그렇다면 엉덩이를 까고 항생제 주사 한 방 맞으면 될 일
세상에 못 견딜 일은 없는 거라고 쓰인 복음서를 들고
자, 아가리를 벌려
그래야 몸뚱이가 들어가지

달콤한 공포 한 그릇 배 속에 모실 때
굳센 의지는 절로 생겨난다 씩씩하게 대문을 나서면 오
로지 한길
내가 사는 길이 환하게 열린다, 아 공포가 없었다면
얼마나 많은 죄를 지었을까 치사량에 이르지는 않을 만
큼의 긴장감이
두 손에 전해지는 순간, 불끈!
주먹을 쥐고 달리는 게 이 시대 최고의 덕목임을 일깨워
준다

사릉역의 추억

—뒤따라오는 ITX 청춘열차를 먼저 보내기 위해 3분간
정차하겠습니다
차내 방송을 듣는 사람들의 표정이 묵묵하다
아무렴, 앞질러 가는 청춘의 특권을 위해
언제든 양보할 자세를 갖추는 건 아름다운 일이지

마석역까지는 앞으로 세 정거장

사릉에는
단종의 부인 정순왕후가 묻혀 있다지
여든두 해 동안
오로지 단종만 생각하며 살았대서 사릉思陵이라는 이름
을 붙였다지

청춘열차를 앞서 보낸 전동차 밖으로
가는 봄비가 내리고, 흐릿하게 젖은 풍경을 끌어안은 채
서러운 죽음과, 죽은 이를 잊지 못하는 마음이 빗방울로
아롱진다

역사는 앞질러 간 이들에 의해 만들어지는 것
　　그러니 나는 지금 역사를 뒤쫓고 있는 중이다
　　천천히 가다 보면 마석 모란공원
　　비 맞고 서 있을 묘비 앞에 도착해 잠시 묵념을 올릴 것
이다

　　내가 여든두 해까지 살 수 있을지는 모르지만
　　잊지 않으며 사는 일의 중요함을 잊지는 말아야겠다고
　　다짐하는 시간을 가질 것이다

　　봄비 그치는 날
　　무덤가 진달래는 나 몰래 필 테고, 피었다 질 테고
　　나는 잠시 청춘열차를 앞서 보내던 사릉역을 떠올리고는
　　열일곱 단종의 나이를 헤아리다
　　모든 앞서간 청춘은 슬픈 것이라고 될지도 모른다

자두맛사탕

자두맛사탕을 좋아하던 소녀가 죽었다
유치원복을 입을 때부터 자두맛사탕이 아니면 도리질
을 치던 소녀는
중학생이 되어서도 달콤하고 시큼한 자두맛사탕을 입
에 물고 다녔다

옥상에 남겨진 유서에는
자두맛사탕이 자두와 아무 관계가 없다는 걸 알고부터
더 이상 자두맛사탕을 좋아할 수 없게 되어 슬프다고
적혀 있었다

부모는 자두맛사탕의 비밀을 일러준 교사들을 고소
했고
경찰은 교사들을 소환해서 조사했다
과학교사는 화학물질로 자두향을 내는 게 가능하다는
얘기를 한 적이 있다고 진술했으며
국어교사는 자두 사탕과 자두맛사탕의 의미 구조가 다
르다는 걸 설명한 적이 있다고 진술했다

> 경찰은 법조문을 뒤지기 시작했고
애국학부모연합회 대표는 난데없이 전교조가 종북 교육을 시킨 탓이라며
전교조 해체를 요구하는 성명서를 발표했다

소녀가 쓰던 교실 책상에는 국화 송이와 친구들이 보낸 편지가 쌓였으나
자두맛사탕을 물고 다니는 소녀들의 숫자는 줄지 않았으며
내사를 종결한 경찰은 두 교사를 자살방조 혐의로 불구속 기소했다
일부에서 자두맛사탕 불매운동을 해야 한다는 이야기가 나오기도 했으나
그럼 포도맛사탕은 괜찮냐는 항변에 흐지부지되었다

자두가 없어도 자두맛을 낼 줄 아는 현대 문명 사회에서
자두맛은 자두보다 힘이 세다

그러므로 소녀의 죽음은

장차 자두가 사라질지도 모른다는 두려움 때문이라는

걸 아무도 눈치채지 못하는 사이에

자두맛종북, 자두맛사랑, 자두맛대통령, 자두맛예수,

자두맛종말까지 온갖 자두맛들이 환호작약하며 봄날 백

목련이 벌듯 팡팡 터지는 것이었다

토끼풀 군락지

얼마나 외로움이 사무쳤으면 저리 뭉쳐 있을까?
끼리끼리 살아보겠다고 애쓰는 동안
달빛이며 별빛이 조용히 다녀가기도 했지만
모여 있다고 외로움이 덜어지지는 않는 법!

떨어져 나간다는 건 얼마나 큰 상처인가?
달동네 깎아 만든 아파트 뒤편 공터에서
토끼풀 우거진 자리를 바라보다
판자촌에서 살던 이들은 모두 어디로 갔는지
아무도 묻지 않았다는 사실을 떠올린다

수평으로 흐르지 못하고
수직으로 치솟기만 하는 시간을 건디며
납작 엎드려 있는 토끼풀 군락지
순해서 서러운, 하얀 모가지들이 바람에 흔들린다

악어의 질문

악어가 신발을 물고 도망간다
악어가 가방을 물고 도망간다
도망가는 악어는 눈물을 흘린다
악어의 눈물을 비웃는 소리가 여기저기서 들린다
그래도 악어는 신발을 물고 도망간다
그래도 악어는 가방을 물고 도망간다

도망가는 악어를 잡으러 사람들이 달려간다
악어를 잡아라!
저 악어를 잡아라!
저 악어를 잡으면 상금을 주겠다!

악어는 이제 울지 않는다
이 신발은 원래 내 거였어요
이 가방도 원래 내 거였어요

악어는 도망가고
사람들은 악어를 잡으러 뛰어가고

정글이 어리둥절한 표정으로 입을 벌린다

정글의 배 속으로 들어간 악어와 사람들은 어떻게 됐
을까?

악어가 물고 있던 신발을 신고
악어가 물고 있던 가방을 메고
의기양양 정글을 빠져나오는 사람들에게
악어가 묻는다, 빼앗으니 기쁘냐고
큰 입을 벌려 말해보지만 아무도 듣지 못한다

실선과 점선

　운전을 하다 넘지 말라는 실선을 넘어 대형 사고를 일으켰다는 소식을 종종 듣는다 실선은 틈이 없으며 완벽한 세계다 불온한 상상만 하지 않는다면 실선 안의 세계는 자유와 안전을 보장한다 모든 체제는 실선으로 이루어져 있다

　어릴 적 점선을 따라가며 그림을 완성하던 기억이 있다 조금 자라서는 여러 갈래의 점선 중에 어떤 점선을 찾아 이을 것인가에 따라 다른 그림이 나타나는 걸 경험하기도 했다 운전을 하다 점선을 만나면 부드럽게 선을 넘으며 점과 점 사이에 어떤 숨구멍 같은 것들이 있다고 느꼈다

　그러다 선 자체가 없는 길을 생각했다 새들이 날아다니는 길이 그랬다 아예 길을 덮어버리는 것들에 대해서도 생각했다 제멋대로 자라는 풀들이 그랬다 끊임없이 길을 만들어가는 것이 인간의 숙명임을 생각할 때, 자신이 만든 길에 집착하는 자가 실선을 만들고, 거기서 벗어나려는 자가 실선을 쪼아 점선을 만들었겠구나 싶었다

\>

    길 아닌 길을 찾아 헤매는 이들도 있다는 얘기를 들었
으나, 아예 새가 되어 날아갔다는 얘기는 듣지 못했다

위하여

술자리만 가면 건배사를 외치는 이들이 있지

개인과 나라의 발전을 위하여, 개나발
변함없는 사랑으로 내일 또 만납시다, 변사또
마주 앉은 당신의 발전을 위하여, 마당발
당신과 나의 귀한 만남을 위하여, 당나귀
당나귀를 타고 온 오바마도 있으니
오, 바라만 보아도 좋은 마이 프렌드!

그래도 가장 흔한 건 단순하게
위하여!
위한다는 말, 참 좋은 말이지

하지만 삐딱한 걸 좋아하는 나는 종종
위하지 말자는 말을 내뱉곤 하지
그 많은 애주가들이 주구장천 '위하여'를 외치고
　나라를 위하고 국민을 위하고 경제를 위하고 환경을 위
하겠다는 정치인들이 줄을 섰는데

세상은 왜 요 모양이란 말인가

그래서 나는 이렇게 소리치고 싶을 때가 있지
그냥 냅둬!

인간이 무얼 위하겠다고 나서는 순간 망가져간 수많은
것들을 생각하는
지금 이 순간에도
지구는 혼자서 열심히 돌고 있지, 인간이 도와주지 않
아도!

우는토끼[*]

토끼네 나라에 몸집도 작고 귀도 뭉툭한 토끼들이 살았대 너도 토끼니? 너 따위도 토끼야? 구박하고 따돌리는 바람에 높은 산으로 도망가서 살아야 했대 거기는 너무 외진 곳이라 무섭고 슬퍼서 매일 울기만 했대 그래서 이름마저 우는토끼가 돼버렸대 몸도 작고 귀도 뭉툭한 토끼들이 가엾다고? 우는토끼를 쫓아낸 그냥 토끼들이 못됐다고?

국제인권단체인 국제소수자인권그룹MRG은 6일 국제형사재판소ICC에 콩고민주공화국 내 피그미족에 대한 대량 학살, 식인食人, 강간 등의 증거를 제출하고 피그미족 말살 정책에 대한 조사를 촉구했다.

콩고 동북부 이투리 삼림지대와 키부 지역에 거주하는 60만여 명의 피그미족은 문명과 떨어져 사냥과 채집을 하며 살아왔다. 피그미족은 평균 성인 키가 120~140cm밖에 되지 않는 '난쟁이족'으로도 유명하다.[**]

* 우는토끼 : 고산지대의 바위나 돌이 많은 곳에 굴을 파고 무리 지어 살며 '깍
  깍' 하고 새와 비슷한 소리로 운다.
** 『경향신문』 2004.7.7.

75

능소화

능소화가 몸을 열기 시작한 아침이었다
학교 가는 길에 목감천변에서 만난 조깅족들은 활기차
보였고
내 발걸음도 그리 무겁지는 않았다
언젠가는 능소화에 대한 시를 써보리라 다짐하곤 했
는데
이번에는 어쩌면 시를 쓸 수도 있겠다 싶은 생각이
서둘러 발걸음을 학교로 옮기게 했는지도 모르겠다

교문 앞에서 아이들을 맞이하는 생활지도부 선생님들
을 만났고
교무실에선 늘 일찍 나오는 연구부장 선생님과 인사를
나눴으며
교실에 가서는 어린 벗들에게 웃음 띤 얼굴을 보여주
었다

그날 오후 전교조가 법외노조 판결을 받았다
바야흐로 능소화에 대한 시를 쓸 때가 무르익었다고

느낀 순간에 찾아든 이 소식은 비보인가 낭보인가

　오래도록 전교조 조합원으로 살아온 날들이 스쳐가고

　세월호에 갇혀 아직도 나오지 못한 생명들을 떠올리기
도 하며

　여전히 시가 되지 못한 능소화를 생각했다

　능소화는 내게 관능으로 다가왔다, 꽃가루가 눈을 멀
게 한다는 소문이 마음을 더욱 끌어당겼다

　국가는 언제나 폭력을 사랑했으므로 그에 맞서는 순교
의 자세를 그려보곤 했는데

　그 옛날 전교조에 가입했다 학교에서 쫓겨난 건 능소화
꽃가루를 눈에 묻히는 일이었을까?

　그날 오후에 능소화는 사뭇 관능적인 자태를 뽐냈으며

　나는 전교조가 법 밖으로 밀려난 사실을 머리에서 밀어
내고

　다만 관능적인 혁명과 혁명적인 관능에 대한 생각을 궁
글렸다

일찍이 김수영은 혁명은 고독한 것이라고 읊었는데
나는 이제 이렇게 말하겠다
혁명은 서로를 눈멀게 하는 것이라고
맹목이 없으면 사랑이 아니듯, 관능이 없으면 매혹도
없을 테니
주황빛 능소화의 관능이 혁명의 도화선이 되지 말란 법
도 없을 터!

청와대로 향하던 시위 대열이 차벽에 막힐 때도 그랬다
벽에 매달려 꽃을 피우는 능소화를 생각하면
악착같은 관능만이 이글거리는 태양의 눈빛을 상대할
수 있을 거라는
난데없는 믿음이 또렷해지기도 하는 것이었다

신장개업

못 보던 간판이 하나 더 늘었다
그 자리에 먼저 있던 간판과
거기 의지하던 누군가가 사라졌을 테고
신장개업을 축하하는 화분이 들어선 자리에는
예전에도 같은 화분이 놓여 있었겠지

신장개업을 알리는 전단지는 넘쳐나고
간판의 수명을 연장시키기 위한 노력은 눈물겹지만
언제 툭, 떨어져 내릴지 모르는 일
망하는 길이라도 눈앞에 놓인 길이 오직 그 길이라면
벼랑을 안고서라도 가야지, 저 높은 곳을 향하여

추락의 공포를 감추기 위한 미소와 함께
어서 오십시오, 친절하게 모시겠습니다
활기찬 목소리가 신장개업 안내판을 산뜻하게 감싼다

허리를 숙이는 일의 경건함에 대한 경구를
오래전에 읽었으나

허리가 꺾이는 일의 참담함은 애써 피하곤 했지

세상은 날마다 '새롭게'를 외치지만
제아무리 새로운 이스트를 넣어봤자
공갈빵은 그냥 공갈빵일 뿐이니

신장개업이 폐업의 예고편이라는 사실을
차마 발설하지 못하는 착한 이웃들이, 쉿!
다 함께 입술에 검지를 갖다 붙인다

양파 망에 담긴 양파

붉은 양파 망에 담긴 양파들을 보며
하필이면 일망타진이라는 말을 떠올리고
간첩단 검거까지 이어가는 건
얼마나 슬픈 상상력일까?

붉은 양파 껍질을 벗기면 하얀 속살이 나오고
벗겨도 벗겨도 속은 그냥 하얄 뿐인데
그게 기분 나빠서 하얀 속살에 붉은 칠을 해대는 누군
가를 떠올리는
나는 대체 무엇이 문제일까?

─1979년, 영문도 모른 채 수사기관에 끌려간 강원도
산골의 일가족 12명은 얼마 뒤 삼척고정간첩단이라는 이
름으로 신문에 큼지막하게 등장했다(그들이 고문실에서
지르던 비명 소리는 어떤 신문 한 귀퉁이에도 흘러나오지 않
았다) 2016년 5월, 대법원은 이들이 신청한 재심을 받아
들여 최종 무죄판결을 내렸지만 두 명은 진작 사형을 당
했고 세 명은 억울함을 풀지 못한 채 세상을 떠난 뒤였다.

간첩이라는 누명을 벗기까지 37년 3개월이 걸렸다.

　붉은 양파 망에 담긴 양파들은
　얌전히 제 운명을 수긍하고 끌려가지만
　애꿎은 양파 놀음에 휩싸였다
　속껍질이 다 발가벗겨진 뒤에야 겨우 양파 망을 벗어나
야 했던
　할아버지 한 분 아니 두 분, 세 분……
　양파 껍질을 벗길수록 눈물이 나는 이유에 대해
　나는 도무지 설명할 말을 찾지 못하겠다

국가라는 임대주택

국가는 거대한 임대주택이다
임대료가 너무 비싸 다른 국가를 임대하고 싶어도
해지 조건이 까다로워
울며 겨자 먹기로 세 들어 살 뿐이다

꼬박꼬박 임대료를 챙겨 가는 국가는
숭숭 뚫린 지붕으로 빗물이 새도 하자보수는커녕
별빛이 비치는 아름다운 천장을 옵션으로 제공했으니
임대료를 올려야겠다고 을러댄다

근대의 기원은 계약관계로부터 시작됐음을
저명한 학자들로부터 이미 배웠으나
불공정 계약에 대해서는 어찌해야 하느냐며
애초에 계약은 없었을지도 모른다고 중얼거리던 누군
가는
관리소장에게 멱살을 잡힌 채 끌려갔다

낡은 임대주택을 헐고 새로 짓자는 웅성거림을 비웃듯

재건축 비용을 과다 책정해서 한몫 보려는 무리들의
번질거리는 눈빛들 또한 넘쳐났다

불만이 밥물 끓듯 하면 슬쩍 관리소장을 바꾸고
무주택자가 되고 싶냐는 협박이나 일삼는
국가는 언제부터 이 많은 세입자들을 거느리게 되었을
까?

양처럼 양순하고 소처럼 소심한
국민이라는 이름의 임대료 납부자들에게
국가가 발부하는 각종 고지서와 출석요구서
거기 깨알같이 적힌 성실의 의무들

국가라는 영구 임대주택은 그런 성실함들을
콘크리트 반죽 삼아 여전히 굳건하다

스피드광을 위하여

저 별에서 빛 하나가 내게 오기까지
몇억 년이 걸렸다고 하나
빛의 속도라고 하는 건
도무지 감이 잡히지 않는 일이어서
광속이라는 말은 거시기라는 말처럼 아리송할 따름

지나치게 휙휙 돌아가는 시대를 반성하자며
슬로푸드
슬로시티
외쳐보기도 하지만
여전히 시대의 대세는
당일 배송에 퀵 서비스

아우토반도 없는 나라에서
바람처럼 쌩쌩 달려나가는 꿈을 꾸는
이 시대의 전사인 당신에게
엿새 만에 뚝딱뚝딱 천지만물을 창조했다는
성경 속 하느님 이야기는 말 그대로 복음인 셈인가?

이 세상에서 가장 빠르다는
눈 깜짝할 새를 잡아들이는 날렵한 사냥꾼을 꿈꾸며
당신은 빠른 손놀림으로 마우스를 움직인다
게임 오버!
화면은 정지되고
다시 플레이 버튼을 누르기만 하면
모든 게 재생되는 무한 반복

그러므로 속도는 반복과 재생 사이에서 반성을 모르고
스피드를 뛰어넘는 초스피드의 세계로 들어서는 당신의
도플갱어들이
뒤따라오는 이들에게 윙크와 함께 손가락으로 V 자를
날리고 있다

내 사랑 민주노조

햇빛 아래 달빛 아래 노동자 내 청춘아
꿈속에도 신이 난다 내 사랑 민주노조!
투쟁이 부른다면 해방이 부른다면
목숨 바쳐 일어선다 파업의 선봉
자본가 놈들의 폭력을 깨고
아― 노동자 세상 내 사랑 민주노조
꿈속에도 신이 난다 내 사랑 민주노조!

　희망버스 타고 가는 차 안에서 문동만 시인이 노래를
부른다 옥천 광고탑 위에 올라가 154일째 농성을 하고
있는 유성기업 노조 이정훈 지회장이 제일 좋아하는 노래
「내 사랑 민주노조」란다 잘생긴 시인이 노래도 참 멋들
어지게 부르는구나 시샘을 하던 것도 잠시 광고탑 아래
도착해 이정훈 지회장이 직접 부르는 노래를 듣는데, 문
동만 시인보다 음정 박자 모두 떨어지지만 내 콧등은 자
꾸만 시큰거리고, 민주노조가 뭐기에 한사코 고공에 매
달려서 내려오지를 못하는 거냐 생각해보니 나는 154일
은커녕 단 하루도 내 시를 지키기 위해 고공에 매달려보

지 못했구나

3부

풍경을 접다

종이를 접어 딱지나 배를 만들던 어릴 적 기억을
오래도록 밀어내고 살았다
가파른 청춘기를 거치는 동안에는
어떤 일이 있어도 내 뜻을 접지 말자, 그런 다짐을 하기
도 했었지

오후 늦게 과림저수지에 와서
저녁이 슬금슬금 풍경을 접는 걸 보았다
접고 나서 새로운 풍경을 만들어내는 걸 보았다

깜박이기 시작하는 저 작은 불빛들은
필경 접힌 시간을 기억하고
잊지 않기 위해 출렁이는 것이리라

머물 수 있는 시간이 많지 않은 나는
낮과 밤의 풍경이 잘 포개지도록 접어 들고 왔던 길을
되짚어가야 한다

언젠가는

접어두었던 풍경이 저절로 풀리는 기적이 찾아올지 모
른다

그럴 때를 위해 잘 접는 법을 배워두라고

개구리들이 참견하는 소리, 귓가에 쟁쟁하다

내일의 예감

한창때라고 자랑에 빠진
꽃아
언제 질지 모른다고 걱정하는 나를 향해
태연하게 웃고만 있는
꽃아

네가 네 웃음에 속을 수도 있음을
잊지 마라
네가 꽃이었던 시간보다
더 길고 지독한 상실의 시간이 널 기다리고 있다는 걸
깨달을 때가 온단다
그 순간은 생각보다 빨리 와서
당황할 수 있으니
꽃아

네 발밑을 내려다보아라
네가 지는 날
벌과 나비는 너를 찾지 않을 것이고

네가 가게 될 곳은

저기 높고 푸른 하늘이 아니라

소란이 바람처럼 몰려다니는

여기 흙바닥일 테니

조용히 네 발밑을 보아두거라

여전히 철모르는 꽃아

방긋 웃고만 있는 꽃아

근심 걱정이 네 일은 아닐지라도

지상의 삶은 웃음보다 눈물이 많은 법

오늘도 먼 곳에서

한꺼번에 우수수 떨어진 목숨들이 있었다는구나

그러니 꽃아

등불보다 밝은 네 웃음을 자랑하기 전에

슬쩍 너를 건드리고 간 바람이 전해준

내일의 예감을 읽어라

밀양의 친구들

보라마을 개울가에서 정리 집회를 하는 동안
그 아래 무심한 듯 헤엄쳐 다니는
작은 물고기들
국가를 굴복시킬 수 있는 건 어쩌면
나부끼는 깃발과 웅웅대는 확성기가 아니라
저 어린 물고기들일 수도 있겠다

송전탑도 분신 자결도 모르는
저 물고기들이야말로
국가에 예속되지 않은 밀양의 친구들이며
궁극의 싸움이 될 수도 있지 않을까?

우리가 보라마을에서 돌아온 뒤에도
여전히 개울을 떠나지 않을 물고기들이
천천히 비늘을 털고
제 새끼들 낳아 기르는 일을
받아 적는 일부터 다시 시작하지 않으면
우리의 싸움은 국가는커녕

밀양에도 한 발짝 못 들여놓을 수 있다

밀양에 개울이 없고
개울 속에 물고기가 없다면
풀이 없다면, 나무와 산이 없다면
바람과 햇볕과 눈보라가 없다면
처음부터 싸움도 없었을 것이다

먼 옛적에 물고기가 할매 할배들을 낳았고
그 할매 할배들이 우리를 낳았으니
우리 모두는 물고기의 자식들임을 상상하는 일로
765KW 송전탑을 에워싸야 한다

미래의 시간을 끌어당겨 쓰려는 자들에게
과거의 축적인 개울가의 모래톱으로 맞서야 한다
모래알만큼 많은 기억으로, 밀양이 밀양으로 스며들게
해야 한다

책상다리가 어느 날

나도 이제 그만 쉬고 싶어
다리도 아프고
평생 떠받쳐온 상판도 무거워
다리에 힘을 풀고 털썩 주저앉자
주인이 곧장 난로에 집어넣었지

장작으로 변한 책상다리를 위해
밖에는 하얀 눈이 내리고
난로는 신이 나서
쉭쉭 소리를 내며 벌겋게 달아올랐어

책상다리가 사라지던 바로 그날
시와 결혼했다던 어떤 시인이
책상도 없이 빈방에 혼자 엎드려
눈발처럼 떠도는 언어를 불러 모았지

한 땀 한 땀 정성스레 기워낸 시는
난로 대신 시집 속으로 들어갔어

그 시집은 결코 뜨겁지 않아서
훗날 책상다리 대용으로 쓰이기도 했지

책상다리가 난로 속에서 불꽃이 될 때
뜨거워지지 못한 그날의 시는
지금도 시집 속에 얌전히 갇혀 있지
스스로 무너져 내리지도 못하면서

팽목항에서

죽였으니까 죽었다[*]
이 말에 토 달지 마라
선부른 변명도 하지 마라

하지만 이 말은 충분하지 않다
누가 죽였는지를 말해야 한다
선장이 죽였는가?
대통령이 죽였는가?
체제가 죽였는가?
아니면 이 모든 것들이 힘을 합쳐 죽였는가?

정확한 대답을 나는 모른다
그럼에도 나는 묻는다
누가 죽였는가?

물으면서 슬퍼해야 한다
물으면서 분노해야 한다
물으면서 참회해야 한다

슬픔과 분노와 참회는 오래가지 않는 법이니
누가 죽였는가?
이 물음을 그치는 순간
바닷속 넋들은 부활의 길조차 막힐 것이다

그러니, 누가 죽였는가?
끈질기게 묻고 또 물어야 한다
저주의 손가락이 나를 향할지라도 피하지 말고
물으면서 가야 한다
내가 준비한 답이 틀릴 수도 있고
믿고 싶은 답이 오답일 수도 있다는 걸
끊임없이 되새기며 묻고 또 물어야 한다

물으면서 가는 길에 당신을 만나야 한다
당신을 만나 함께 물어야 한다
둘이 만나면 둘이 묻고, 셋이 만나면 셋이 묻고
열이 만나면 열이, 백이 만나면 백이
누가 죽였는가?

함께 물으며 가야 한다

물으며 가는 길에 철조망이 있으면 철조망을 걷어내며
가고
물으며 가는 길에 유령을 만나면 유령과 싸우며 가고
물으며 가는 길에 망각이 달라붙으면 망각을 뿌리치며
가고
서둘러 답안지를 채우려는 조급함보다는
보이지 않는 심해 저 밑바닥의 바닥까지 내려가
소환할 수 있는 건 모두 소환해서 따져 물어야 한다

질문을 두려워하는 자들이 내놓는 말은 다 헛것이니
애도와 추모의 완성은
누가 죽었는가?
이 물음이 끝난 다음에 이루어질 것이다

* 문동만 시인의 시 제목 「죽여서 죽였다」를 변형함.

아빠 팔이 왜 이렇게 얇아?

딸 잃은 아빠는 40일을 굶었고
언니 잃은 동생은 앙상한 아빠에게 묻는다
아빠 팔이 왜 이렇게 얇아?

식탁에 수저를 가지런히 놓는 시간의 아름다움에 대해
몇 줄의 시로 끄적인 적이 있었다

40일 동안 수저를 들지 않은 손에 대해 말하라면
이제 어떤 언어를 가져와야 할 것인가

굶지도 않고 수저보다 얇아진 내 언어는
40일 굶은 아빠의 팔에서 힘없이 미끄러진다

* 세월호특별법 제정을 요구하며 40일 동안 단식을 하던 유민 아빠 김영오 씨
  가 2014년 8월 22일 병원에 입원했다.

수많은 금요일이 지나갔다
— 단원고 2학년 4반 슬라바

"금요일에 돌아올게."
유치원에 다니는 동생 준성이에게 한 약속을
슬라바는 지키지 못했어

금요일이 지나가고 또 지나가도
기다리는 형은 돌아오지 않고
유치원에서 한글을 배운 준성이가 처음 쓴 낱말은
단원고, 유가족, 슬라바였대

수영 선수로 활약했던 슬라바는
자신의 구명조끼를 성호에게 건네주며
"난 중력을 무시한 사나이로 기억될 거야"라고 말했지
하지만 그 말도 지키지 못했어

수영을 할 때 스타트가 늦어서 고민이었던
슬라바, 그날도 스타트가 늦었던 걸까?
인생의 스타트는 이제 막 시작하려던 참인데……

러시아 서남쪽 끝자락의 항구도시 노보로시스크에서

열 살 때 아빠의 나라 꼬레야로 건너온

슬라바, 성이 '슬'이고 이름이 '라바'냐는 놀림을 받곤 했던

너의 정식 이름은

세르코프 야체슬라브 니콜라예비치

안산에서 안산까지, 그리고
— 단원고 2학년 9반 배향매

향매는 중국말을 잘했어요
왜냐고요? 그야 중국에서 나고 자랐으니까요
그런데 말예요
향매가 태어난 곳은 안산이래요
무슨 말이냐고요?
중국에도 안산이라는 곳이 있거든요
참 신기하죠?
향매가 중국 안산에서 한국 안산으로 온 건
열다섯, 중학교 2학년 때래요
4년 동안 떨어져 있던 엄마 아빠를 찾아
혼자 비행기 타고 왔대요
관산중학교에서 예림이와 명주를 만나고
단원고등학교에서 다인이와 아라를 만나
날마다 신나고 즐거웠대요
향매는 노란색을 좋아하고
떡꼬치를 좋아하고, 뽀로로를 좋아하고
베이비파우더 향을 좋아했대요
향매 이름에 향기 향 자가 들어 있잖아요

그래서였을까요?

아름다운 향기를 만드는 조향사가

향매의 꿈이었대요

수능시험이 끝나면 친구들과

중국 안산으로 놀러 가자고 해놓고

향매는 지금 어디에 가 있는 걸까요?

이 세상에 없는 향기를 찾아

하늘나라로 갔다는 소문이 사실일까요?

친구들을 버리고

엄마 아빠와 언니를 놔두고

많고 많은 나라 중에 하필이면 하늘나라

정말로 그 먼 곳까지 간 걸까요?

향매가 떠난 며칠 뒤

그토록 기다리던 한국 영주권이 나왔다는데

향매는 왜 하늘나라 영주권을 먼저 쥐었을까요?

물어보고 싶은 게 너무 많은데

향매는 대답이 없고……

하늘은 말없이 푸르기만 하고……

봄꽃 지던 날

어릴 적 나는 새총 잡이 선수였다
콩알만 한 돌을 새총에 걸어 날리면
조고만 참새가 나뭇가지에서 떨어져 내리곤 했다

겨냥하던 순간의 팽팽한 긴장감과
명중시켰을 때의 짜릿한 쾌감!

생생함에 비해
숨이 끊어진 참새의 눈이라든지
이제 막 멈춘 심장의 온기 같은 건
흐릿하기만 하다

내가 참새 사냥을 즐겼다는 기억을
오래도록 잊고 살았다
기억에서 멀어졌으므로 괴롭지도 않았다

대체로 평온한 삶을 누리는 동안
자연스레 머리칼 허연 중늙은이가 됐는데

무심히 눈을 깜박이던 어느 날
참새잡이 하던 시절이 떠오르고
죄의식 없이 살아온 시간들이 미워졌다

봄꽃 지는 사월 한낮이었다

가여운 지방방송

여럿이 모인 자리에서 자기 말을 늘어놓다가
몇몇이 딴 얘기 주고받으면
"거기 지방방송 꺼!"라고 말하던 이들이 있었지

예나 지금이나 지방은 변방이라서
속삭임조차 죄가 되는 형벌을 받아야 했던
지방방송의 송출자들을 생각할 때가 있다

군산에도, 안동에도, 강릉에도 중앙로가 있지만
그래도 여전히 중앙은 하나뿐임을 누구나 알고 있지

덜컹거리는 기차 바퀴는 서울로, 서울로 달리고
중앙방송은 지방에서도 듣고 볼 수 있지만
지방방송은 중앙 근처에도 얼씬 못 하는데
여전히 "거기 지방방송 꺼!" 하는 소리가
뭇소리들을 잡아먹는다, 그렇게 잡아먹힌 말들을 위해
저기 저 들판마다, 산자락마다 꽃이 피는 걸까?
소리치지 못해 더욱 기를 쓰고 피어나는 걸까?

지방방송은 아무리 출력을 높여도 지방방송일 뿐이니
벙어리꽃 만발한 삼천리강산에
에헤루야, 생뚱맞은 지화자 소리
중앙방송의 시그널 뮤직에 맞춰 세상이 돌아갈 때
여기저기 가여운 꽃 사태들, 장엄해서 슬픈!

왕국을 위하여

옛 왕국이 망한 폐허를 망초들이 대신 차지했다
하지만 이것은 왜 새로운 왕국이 아니란 말인가

전투기들이 편대를 지어 날아가는 하늘을 보며
망초꽃 대궁들이 일제히 제 몸을 흔드는 모습을 상상하
는 건
매우 유쾌한 일이다
이곳에는 포탄이 떨어지지 않을 테니

그러니 망초들아, 부끄러워하거나 주눅 들지 말고
더욱 기쁘게 몸을 흔들어라
인간이 세운 모든 왕국은 전쟁과 살육으로 무너졌음을
너 역시도 알고 있지 않느냐
문명은 자랑스러운 것이 아니라
부끄러운 것이라고 쓴 역사책을 상상해라

쑥대밭이라는 비유가 수정되어야 하는 이유에 대해서도
이웃 동네 쑥대들에게 들려주어라

네 머리를 쓰다듬기 위해 바람이 불어오고 있다
기쁘지 아니하냐, 너에게 뿌리가 있다는 것이

새로운 왕국은 네가 뿌리 뻗는 곳에서 다시 시작되리라

비포 앤 애프터

우리가 사는 세상은 아름다움을 향해 진화해온 것일
까?

딸애가 턱을 깎고 싶어 한다는 아내의 말을 전해 들으
며 기어이 올 것이 오고야 말았다는 생각을 했으니, 아름
다움을 향한 욕망은 혈연의 유전자마저 비틀어버릴 만큼
강력하다는 사실을 부인하지 못하겠다 자연 그대로의 시
대는 가고 지금은 깎고 자르는 시대, 아름답지 못하면 선
하지 못하고 참되지도 않은 것, 아름다움만이 구원으로
이르는 길을 열어주나니, 이제부터 몸에 칼을 들이대는 일
쯤 무서워 말아야지

산은 깎으라고 있고 강은 막거나 파내라고 있는 것임을
진작 눈치챈 이들이 삽날을 들고 진군할 때, 강남의 성형
외과 수술실은 문전성시를 이루고 있었다 부작용에 대한
경고 같은 건 아름다움이 얼마나 위대한지 모르고 하는
얘기, 강둑마다 생겨날 자전거도로를 따라 바람을 가르
며 씽씽 달려가듯 미래는 매끈한 허리 라인을 타고 올 것

이다 그때까지 다이어트라도 하라고 등을 떠미는데, 깎아내고 도려낼수록 무장무장 자라나기만 하는 욕망의 컨트롤타워는 어디인가?

비포 앤 애프터, 출근길에 마주친 전철 안의 광고 포스터를 바라보다 내려야 할 역을 지나치고 말았다

슬픈 현대사

그녀의 발꿈치에 반했다는 말
거짓이 아닐 거라고 믿는다

늘씬한 여자를 좋아하거나
애교 넘치는 여자를 좋아하거나
지적인 여자를 좋아하는 남자들이 있지만
남자들은 천성이 바람둥이라서
그리 믿을 만한 존재가 못 된다

그러니, 당신에게 반했어요
라고 말하는 남자들은
더 늘씬하고, 더 애교 넘치고, 더 지적인 여자를 만나면
태연하게 똑같은 말을 늘어놓을 것이다

사탕발림에 넘어간 여자들이 후회하는 동안
다른 여자들이 사탕발림에 넘어갈 준비를 하고 있는 건
지나간 역사에서 아무것도 배우지 못한
우리 현대사와 놀랄 만치 닮았다

＞

늘씬하고, 애교 넘치고, 지적인 여자들을 탓하자는 게
아니다
은유는 언제나 현실 앞에 무력하지만
때로는 은유로만 말할 수밖에 없는 진실도 있다

그녀의 발꿈치에 반했다는 말 역시
하나의 은유일 수 있다
다만 하고많은 중에 발꿈치를 볼 수 있는 눈을 가진
당신에 대해서는 존경을 보내고 싶다

우리 현대사는 지금껏 너무 거대하고 그만큼 우울했으
므로
느닷없이 뒤통수를 후려치는 배신마저도 화려하게 치장
하는
바람둥이들의 나라에서
발꿈치에 반했다는 말은 상큼하기조차 하다

어쩌면 우리 현대사는

가려진 발꿈치를 들여다보는 일부터 다시 시작해야 할
지도 모를 일이다

가을을 보내며

가로수에서 떨어져 나온 잎들
보도블록 위에 수북하다

죽어서도 흙으로 돌아가지 못하는 저것들을 위해
신께서는 마대 자루를 준비해두셨다
꾹꾹 눌러 담아 어딘가로 메고 갈 장정들 역시
수배해놓으셨다

고맙지 아니한가
깨끗한 거리를 위해서라면
떠나야지, 바람처럼 멋지게는 아닐지라도
눈에 띄지 않도록 자취를 감추어 드려야지

내년 봄 새로 돋아날 어린잎들은
여전히 천진난만할 테니
그럼 됐지, 아무렴
사랑도 명예도 이름도 남김없이
사라져간 이들 얼마나 많았던가

다만 새날을 위한 기도문 하나 정도는
마련해두어야지
이어가는 것만이 능사는 아니라는 것
단절의 기억일지라도 마음에 새겨둘 수만 있다면

번번이 놓쳐버린,
눈부신 빛살 받아 반짝이는 것들 사랑할 수도 있으리

유턴보다는 피턴

이 길이 아니다 싶을 때
당신은 제자리로 돌아오라 했다
하지만 나는 돌아가는 척
옆으로 빠지겠다

세상에 되돌릴 수 있는 일은 없으므로
등 뒤로 떨어진 가로수 잎 하나만으로도
거기는 이미 애초의 길이 아니므로
차라리 옆으로 빠지면
새로운 풍경을 만날 수도 있으므로

그러니 그대는 나를 찾지 마라
돌아오라고 애원하지 마라
차라리 더 멀리 가라고
돌아오지 말고 거기 가서 죽으라고
악담과 저주를 퍼부어라
그게 내가 살아가는 힘이 될 테니

유턴보다 피턴을 선택한 자의 운명은

미지의 숲을 찾아 헤맬 것이다

그 언저리에 못 보던 꽃 한 송이

나를 기다리며 늙어가고 있을지 모른다

살구잼 만드는 남자

살구잼을 만들어볼까 해
씨를 발라낸 살구의 살을
중불에 오래도록 끓이면서 저어주어야 하니
무척 힘들고 고된 노동이 되겠지만
살구잼이 완성되면
아내는 칭찬을 하고 애들은 멋진 아빠라며 찬사를 보
내겠지
어쩌면 시장에 내다 팔 수도 있을 거야
딸기잼도 있고 포도잼도 있지만
살구잼만큼 섹시하지는 않아서
살구잼 만드는 남자라고 하면
소설이나 시 제목으로 맞춤하겠군
영화나 드라마로 만들어도 괜찮겠고
(만화 제목 같다고? 그러면 또 어때!)
그러니 살구잼을 만드는 건
남자에겐 축복이지

물론 실제로 살구잼을 만들진 않을 거야

이미 시 한 편을 건졌는데

뭐 하러 뜨거운 화덕 앞에서 중노동을 하겠어

당신들이 지금까지 이렇게 만든 시와 소설을 소비해왔
으니

나에게 돌팔매를 던지기 있기, 없기?

고려엉겅퀴

우수리스크라고 했다
이상설 선생의 유해를 흘러보낸 쑤이펀강은
아무르강을 만나 동해로 흘러들고
십수 만의 고려인들이
우즈베키스탄이며 카자흐스탄으로
화물차에 실려 간 라즈돌노예역에선
침목을 갈아 끼는 러시아 늙은 인부 몇이
낯선 방문객들을 무심한 듯 바라본다

하바롭스크라고 했다
김유천이며 김알렉산드라며 조명희 들이
혁명의 꿈을 품은 채
방향도 모르고 목적도 모르는 총알에 덧없이 스러져
간 곳
김알렉산드라의 시신을 받아 안은 아무르강은
폭과 깊이를 가늠할 수 없을 만큼 아득하고
내 삶과 머리로는 겹쳐놓기 힘든 심연이 있다

잘리고 뽑혀도

끝내 제 뿌리 움켜쥔 고려인들의 삶을 좇아

발길 더듬는 내내

고려엉겅퀴

슬픈 꽃 이름을 떠올리곤 했다

4부

시의 바깥을 거닐다

이 세상 수많은 시인이
꽃과 나비를 잡아다 시 속에 가두었는데
아직도 저렇게 많은 꽃과 나비가 어울려 놀고 있다

이 세상 수많은 시인이
바람을 잡아다 시 속에 가두었는데
아직도 저렇게 많은 바람이 나뭇가지를 흔들고 있다

이 세상 수많은 시인이
빗방울을 잡아다 시 속에 가두었는데
아직도 저렇게 많은 빗방울이 허공을 헤매고 있다

아무리 시가 많아도
꽃과 나비만큼, 바람만큼, 빗방울만큼
나뭇잎만큼, 파도만큼, 별만큼 많지는 않아서

시가 차려낸 밥상을 물리고
때때로 하늘을 올려다볼 일이다

하늘이 비치는 호숫가를 거닐어볼 일이다

거기서 아직 시 속으로 들어오지 못한
가여운 벌레들의 울음소리를 만나고 올 일이다
만나서 함께 울고 올 일이다

기도의 힘

　빵 터지는 동영상이라고 누가 올려놓은 걸 열어보니 할
머니 한 분이 교회에서 기도를 드리고 있네 두 눈을 꼭 감
고 자신의 죄를 용서해달라던 할머니 기도를 마치며 관
세음보살로 마무리를 하네 하나님과 관세음보살이 아무
렇지 않게 동거하는 할머니의 나라로 나도 들어가고 싶
었네 빵 터지는 웃음을 참으며 천국이 튀어나오고 극락
이 벙실거리는 나라를 만드는 기도의 힘에 대해 생각해보
았네 예수님이 부처님을 향해 찡긋 미소를 날렸을 법한
그 순간, 교회가 절집이고 절집이 교회였구나 싶었네 나
무예수보살!

알파고가 이세돌을 이기던 날

  지금 남쪽에서 산수유가 몇 송이나 피었는지 알지 못한다

  엊그제 내린 빗방울이 몇 개였는지, 한창 흘레질에 열중하고 있는 암캐가 새끼를 몇 마리나 잉태하게 될지, 고속도로를 달리고 있는 자동차가 앞차를 들이받게 될지 아닐지, 내 딸들이 장차 어떤 남자를 데려오게 될지, 심지어 내가 앞으로 담배를 끊을지 말지도…… 나는 모른다

  50년 이상을 지구에 발붙이고 살아왔어도 여전히 모르는 것투성이다 앞으로도 내가 알게 될 사실보다 모르고 지나갈 사실이 저 하늘의 별만큼이나 많다 아무리 경우의 수라는 걸 따져보려고 해도 고등학교 때 이미 수학을 포기했던 이력을 생각하면 그냥 아득하다

  알파고는 이겼고 이세돌은 졌다 그것만이 자명하다 분석가들이 아무리 떠들어도 알파고는 더욱 진화할 것이고 인류가 멸망하든 말든 저 하늘의 별들은 빛날 것이다 인

간은 인간 이외의 것들과 맞서 한 번도 진정으로 이겨본 적이 없으므로 무수히 반복될 쓸쓸한 패배를 기리기 위해 사람들은 여전히 시를 쓰고 노래를 하다…… 커서가 껌벅 거림을 멈추듯 죽어갈 것이다

매발톱

손에도 톱이 있고 발에도 톱이 있지
그중에도 시골에서 병아리를 채가곤 하던
매의 발에 달린 톱은
얼마나 억세고 날카로울까

그런데 오늘 수목원에 갔다가
매발톱을 만났어
꽃받침이 매의 발톱을 닮아서 지은 이름이라는
자세한 설명도 함께 보았지

보는 사람마다 예쁜 꽃이라고 감탄하는
매발톱을 만나고 돌아오며
내 발톱은 어떨까
잠시 엉뚱한 생각을 했어

볼품없이 뭉툭하기만 한 내 발톱을 위해
기죽지 마, 내 발톱!
주문을 외고 있는 동안

여자들은 발톱마다 빨갛고 노란 매니큐어를 칠했지

아름다움은 그렇게 행동 속에서 피어나는 법
매발톱이 올라앉은 여자들의 발톱 앞에
나는 얼른 머리를 숙여야 했지

부메랑

내가 날린 건 반드시 내게 돌아온다
바로 돌아오는 경우도 있지만
까맣게 잊고 지낼 때 느닷없이 뒤통수를 치기도 한다

욕을 날리면 욕이 돌아오고
주먹을 날리면 주먹이 돌아온다
대놓고 날리면 대놓고 돌아오고
아무도 모르게 날리면 아무도 모르게 돌아온다

꽃을 날리면 어떨까?
웃음을 날리고, 사랑을 날리면?
이런 것들은 날리는 게 아니다
그냥 머금는 것이다
머금고 있는 사이 절로 새 나가는 것이다

돌아올까 걱정하지 말 것이며
돌아오지 않는다고 서운해하지도 말 일이다
온갖 부메랑들이 세상을 날아다닐 때

꽃을 머금고 있는 당신을 상상한다
그 곁에 웃음을 머금고 서 있을 수 있다면
그것으로 우린 통한 것이다

부메랑을 피해 다니려 애쓰는 이들이 안쓰러워
저물녘 서쪽 하늘은 저렇듯 붉게 번져버렸다

김밥을 위한 연가

옆구리 터진 김밥을 사랑하겠습니다
내 애인은 못생겨도 내 애인이며
내가 품은 사상은 비록 허술해도 내 사상입니다
옆구리가 터지지 않도록 조심해야 하지만
차마 터질까 봐 말지도 못하면
평생 남의 것만 얻어먹어야 합니다

당신은 당신의 김밥을 마십시오
나도 정성스레 한 줄의 김밥을 말겠습니다
정성이 부족해 옆구리가 터져 나간 김밥은
내가 나에게 주는 선물입니다

당신에게 드릴 예쁜 김밥을 말 수 있을 때까지
나는 옆구리 터진 김밥을 사랑하겠습니다
못생긴 애인이 깔깔거리고 웃는 모습을 더욱 사랑하겠
습니다

겨울 우금티

눈발은 우금티 터널 앞에서
길을 잃은 채 허둥대고
혁명은 위령탑으로만 남아
쏟아지는 눈발을 묵묵히 견딘다

후두둑
쌓인 눈을 털어낼
어깨조차 거느리지 못한 시간이
백 년도 넘게 이어지는 동안
눈은 내리고 쌓이고 녹는 일을
되풀이했으리라

위령탑 앞에 잠시 고개 숙이는 것으로
할 일을 마친 발걸음들은
오늘 밤 어디서 몸을 누이고
어떤 자세로 뒤척일 것인가

눈은 밤을 새워 퍼붓는다는데

위령탑은 홀로 긴 밤을 건너가리니

척양척왜

척양척왜

꺾인 무릎들 부딪치는 소리

내일 아침엔

푹푹 쌓인 눈길을 걸어가는

누군가의 뒷모습을 그리워하며

펑펑 울어도 좋겠다

블랙리스트

사실이 먼저 와 있었고
소문이 뒤따라왔다

소문이 흉흉할 때는
이미 목 잘린 시신들 널브러진 뒤였다

블랙아웃
그 캄캄한 암흑을 먹고 자란
블랙리스트

목 잘린 시신들이 부활하는 기적을
너는 미처 몰랐으리라

그러니 리스트에 도장 찍은
네 손목이 지금
덜렁거리고 있음을

아, 아직도 모르고 있구나

블랙아웃

너는 아직 거기 갇혀 있구나

가여워서, 아예 네 목을 쳐야겠구나

외다리 도요

갯벌에 모여 선 도요들이
외다리를 하고 있다
한 다리를 날갯죽지에 감춘 건
체온을 유지하기 위해서란다

위태로워 보여도
그게 도요의 생존법이다

두 다리로 똑바로 서라고
소리쳐본들
멀뚱한 표정 바뀔 리 없으니

너도 슬쩍 외다리로 서보는 건 어떨까?
그러면 보일지도 몰라

좀도요, 꼬까도요, 노랑발도요, 뒷부리도요……
도시 한복판에 서 있는
이름만 다른 외다리 도요들

군상群像

이응노 화백의 「군상群像」이 유명하다는 얘기를 들었고
이미지로 접하기도 했으나
실물은 보지 못했다

수천의 인간들이 화폭 안에서 꿈틀대는
거대한 서사
간첩으로 몰려 조국을 등진 노화백이
80년 광주를 생각하며 그리기 시작했다는 그림

한동안 잊고 지내다
2016년 광화문에서 실물을 만났다
「군상」 속 인물들이 하나둘 화폭에서 걸어 나와
촛불 바다 속으로 흘러들고 있었다

나도 군상 속 인물이 되어 뒤를 따랐다
이응노 화백이 빙그레 웃고 있었다

상강霜降 무렵

골짜기는 깊어서
물도 소리도 맑다

그 깊은 속으로 들어가
지금도 나오지 않는 한 사내

맑은 소리 아직 얻지 못했는가
묻고 싶어도
골짜기 입구에서 서성거리는 동안
반백 년이 흘렀다

골짜기는 여전히 깊고
물도 소리도 변함없이 맑은데

내 마음이 거기 가 닿으려면
반백 년이 더 흐를지도 모른다

골짜기 끝에 있다는 아득한 벼랑을

아직 마음에 걸어두지 못한 탓이다

숲길

숲길은 산길보다
얼마나 깊고 아름다운가

산은 단수고 숲은 복수라는 걸
당신이 내게 말해주었지

숲과 길이 만나
숲길이 되는 경이로움을
누구에게 속삭여주어야 할까?

두려움을 내려놓으라며
당신이 내 어깨를 짚어주었을 때
나는 이제 막 숲길로 접어들던 참이었어

이제 내가 누군가의 어깨를 짚어줄 차례라는 걸
숲속의 새가 일러주고는
작은 깃털 하나 떨구고 갔지

깃털을 들어 뺨에 대보니

따스하구나

숲에서 길을 잃더라도 외롭지 않겠구나

언저리문학상

중심은 자신을 향해 몰러드는 눈동자들을 먹고산다
저를 받아주세요, 길게 빼문 헛바닥들을 먹고산다

모 대학 문창과 졸업생들이 언저리문학상이란 걸 만들어 오래도록 언저리를 떠도는 동문을 불러내 어깨를 두드려준다고 한다 네가 서 있는 언저리가 중심이라고, 세상에는 하나의 중심만 있는 게 아니라고, 언저리들끼리 모여 언저리 만세를 부르며 논단다 그렇게 놀다 다시 언저리로 돌아가 열심히 글 곡괭이질을 한단다

삼천만 원짜리 미당문학상 같은 것 하나도 안 부러웠는데, 언저리문학상 얘기를 듣고 나도 모르게 그쪽으로 고개가 돌아갔다

어떤 수업

문학 초빙 수업을 하러 간 학교 건물에
'큰 나무가 되자'는 말이 붙어 있었다
작은 나무가 되는 것도 나쁘지 않겠다 싶어
페이스북에 내 생각을 올렸더니
숲을 이루는 게 더 중요하다는 답이 달렸다
맞는 말이라고 고개를 끄덕여주긴 했으나
꼭 숲을 이루어야 할까?
숲 밖에 서 있고 싶은 나무도 있지 않을까?
벌판에 키 작은 나무로 서서
더불어 숲이 아닌
지나가는 바람이며 길 잃은 새들에게 어깨를 내주는
더불어 홀로의 삶도 괜찮지 않을까?

고민하는 동안 아이들이 우르르 교실로 들어왔다
시란 무엇인가?
나도 모르는 질문을 던져놓고
똑같은 복장을 한 아이들을 바라봤다

아이들이 나를 작은 나무로 여길까 봐

얼른 시선을 거두고 준비한 말을 쏟아냈다

새들이 어깨에 내려앉을 틈이 없었다

문의와 안의 사이

문의에 갈비찜 잘하는 집이 있다며
운전대를 문의 방향으로 틀더군
갈비찜 생각에 들뜬 마음으로
운전수 가자는 대로 몸을 맡겼으나
문의 마을에 갈비찜은 없었네
이상타 싶은 마음에 운전수를 향해
문의가 아니라 안의가 아니었냐고 하니
그제야 아뿔싸 제 이마를 치는
대책 없는 운전수
그렇게 느닷없이 찾아든 문의 마을에서 두리번거리다
새뱅이찌개*를 만났네
문의 마을 어느 도랑가에서 살다
우리처럼 느닷없이 불려온
가련한 새뱅이들 덕에
잘못 들어선 길의 묘미를 알았네
그러니 그대여
행여 내가 그대 마음의 문을 잘못 두드린다 해도
기다리던 이가 아니라며 타박하지 말고

문의 마을이 베풀어준 마음처럼

흔쾌히 받아 안아주시면 고맙겠네

문의와 안의가 겹쳐지듯

그대와 나 사이도 이처럼

느닷없이 엮여 든들 그리 나쁘지는 않겠네

* 새뱅이 : 민물새우.

신혼부부를 위한 슬픈 발라드

섬은 외롭다 하고
바다는 외롭지 않다 하네

섬이 외로운 건
바다가 자신을 가뒀기 때문이라 하고

바다가 외롭지 않은 건
섬을 품고 있기 때문이라 하네

바다와 섬이 그렇게
수십만 년을 살아오는 동안

하얗게 부서지는 파도를 보며
신혼부부 한 쌍 깔깔대고 있네

그것이 슬픔의 잔해인 줄도 모르면서

혀와 시

노지영 (문학평론가)

1. 흔들리며 일어서는

오늘날 혀의 감각만큼 전 자본주의적 질서를 중층적으로 상징하는 영역이 있을까. 매체에서 식탐의 욕망을 전방위적으로 긍정하는 요즘, 삶의 다양한 감각들은 미각을 느끼는 혀로 수렴되는 것 같다. 태초에 혀가 있고, 그것으로부터 시선이 발생한다. 정도의 차이는 있지만 온갖 종류의 음식을 다루는 프로그램에서 느껴지는 공통의 원시적 감각들이 있다. 적절한 온도에서 먹기 좋게 플레이팅된 메인 요리와 사이드 디시, 무엇부터 먹을까, 어떻게 섞어 먹을까를 고민하며 활성화되기 시작하는 뇌, 칼과 포크 등의 날카로운 연장으로 음식을 해체하는 손, 후각을 동원하여 킁킁거리며 음식을 부러워하고 감탄해주는 주변의 패널들, 베어 물고 씹어대거나 후루룩 마시는 소리, 이어지는 감탄사와 맛에 대한 신랄한 평가, 목젖을 움직일 정도로 꿀꺽 삼키며 음식을 소화시키는 장면, 그것을 선정적인 '푸드포르노'로 다시 클로즈업하는 카메라….

문명사회에서 이러한 미각의 원시적 본능이 번성할 수 있는 건 자본주의 질서가 갖는 포식성을 우리가 섭생의 습관을 통해 내면화하고 있기 때문이리라. '위안 음식comfort food'이라는 대체물을 통해 결여된 허기를 채우는 행위를 우리는 오감을 열고 관대한 눈으로 바라본다. 불안 사회에서 최대의 에너지를 비축하려는 욕망은 진화론적 관점에서 자연스럽기 때문이다. '소확행小確幸'과 '작은 사치'의 사이에서 본능의 순간적 경험치를 미각적으로 확장하려는 욕망은 합리화된다. 더 차별화된 감각, 더 나은 맛이 주문되면서, 화려한 음식의 가상적 스펙터클이 현실의 밥상보다 더 현실 같은 이미지로 다가오기도 한다. 마치 보드리야르가 말한 하이퍼리얼의 세계가 '먹는 혀' 앞에서 펼쳐지는 것이다.

한편 "피해갈 수 없다면 먹어버려라"(「정글 시대 약사略史 5」)가 진리가 되는 '정글 시대'에, 식탐으로 상징되는 혀의 감각은 언어의 포식성을 보여주는 비유가 되기도 한다. 인간종은 혀의 발음과 추상적 개념을 대응시키는 언어를 운용하면서 생존에 필요한 정보들을 공유하지 않았던가. 언어로 인한 인지혁명은 여타의 종들을 지배하는 칼이 되었다. 세계의 질서가 추상화되며 언어는 다양한 방식의 위계 관계를 재현하는 매개가 된 것이다. 세 치의 혀는 그 자체로 권력이 되어 주변부의 언어를 삼키거나, 이미 중심이 된 권력을 핥아주며 존립한다. 세상의 정보를 공유하고 지배적 유용성을 전달하며, 인간의 혀는 전 지구적 자본주의 시스템을 원활하게 운영하는 '체계 중의 체계'가 된 것이다.

이러한 질서에 복무하는 유용한 쓰임새의 혀를 무용한 쓰임새의 시로 바꿔나가는 사람을, 우리는 시인이라 이름할 수 있을 것이다. 그리고 그러한 이름에 어울리는 사람으로 나는 박일환 시인을 떠올리는 것을 주저하지 않는다. 내가 알기로 적어도 그는 자기충족적인 맛을 위해 혀를 사용하지 않는 사람이다. 자신의 안위를 혀로 주장하지 않는다. 그는 자신의 시구절에서처럼 "갓 태어난 송아지를 혀로 핥아주는"(「핥아주는 혀」), 즉 자신에게 무용한 행위들 속에서만 혀를 바라보는 사람이다. 그 쓰다듬음과 보살핌 속에 새끼 소가 천천히 뒷다리를 일으키는 사건을 목도할 때까지, 비틀거리고 연약하지만 스스로 일어나는 것들의 편에서 그는 시를 쓴다.

시의 쓸모란, 혀의 쓸모란 그런 것이 아닐까. 갓 태어난 연약한 것들의 온몸을 닦아주는 것, 눈망울이 축축해질 때까지 연약한 것들을 가까이서 지켜보는 것, 함부로 말하고자 하는 '나'의 마음을 내려놓는 것, 지지하는 마음으로 가만히 기다려주는 것. 바로 그의 경우처럼.

2. 발걸음의 뒷면

이번 시집의 여는 시가 「핥아주는 혀」로 배치되어 있어, 자연스럽게 박일환 시인의 닉네임이 떠올랐다. '우보牛步'라는 닉네임은 시인의 우직해 보이는 얼굴과 제법 잘 어울린다. 포정해우庖丁解牛의 신들린 기예를 열망하며 언어를 발굴하는 시인들 틈에서, 그의 느릿한 소걸음은 더할 수 없는 믿음을 준다. '오래된 미래'로 천천히 걸어나가는 그의 걸음은 다정하고도 묵직하다. 위에서 언급한 시의 본문을 그대로 제시해본다.

　갓 태어난 송아지를 혀로 핥아주는
　어미 소의 축축한 눈망울 속에서
　새끼 소가 천천히 뒷다리를 일으키고 있다

　혀의 쓸모는 말을 할 때보다 핥아줄 때 더 빛난다
　　　　　　　　　　　　　　　　　　—「핥아주는 혀」 전문

　인간이 닮아가야 할 생태적 관계를 시인은 어미 소와 새끼 소의 관계 속에서 찾고 있다. 자본주의사회에서는 교환가치로서의 쓸모를 자동적으로 연상하며 사회적 관계를 이뤄나가는 게 일반적이다. 그러나 쓸모로서의 동기란 늘 결핍을 부른다. 물론 결핍되어 있는 자의 욕망은 이해될 가치가 있는 것이지만, 상징질서 속에서 결핍의 속성은 대개 그 결말이 예정되어 있다. 언제나 채워지지 않고, 채워질수록 미끄러지기에, 무한한 욕망의 질주와 포식의 욕구는 개인의 외로움과 온전한 충족을 보장해주지 못한다.

그리하여 시인은 유용성의 관계가 아닌 무상성gratuitousness의 관계를 어미와 새끼를 통해 보여주려는 것 같다. 어미 소가 갓 태어난 송아지 옆에서 신체언어로 몸을 핥아주는 경험은 어미와 새끼 간에 이루어질 수 있는 최초의 경험이자 고유한 경험일 것이다. 어떤 유용한 언어로도 그 가치를 대체할 수 없다. 자궁 밖에서 나온 몸을 혀로 세신洗身하는 것은 탯줄로 한 몸이었던 어미만이 보여줄 수 있는 애착 경험이자 스스로 헌신하려는 자가 세족洗足을 행하는 경건한 정결 경험이리라.

위니콧Donald Winnicott의 관점을 빌리자면 새끼와 어미와의 좋은 대상 경험은 세계를 직면하는 '자립'의 근거가 된다. 초기 발달 단계에서 어미가 지지해준 보호 환경 덕분에 존재는 '홀로 설 수 있는 능력capacity to be alone'을 갖추게 된다는 것이다. 자신을 지지하는 이와의 따뜻한 유대의 경험은 그 대상과 분리된 이후에도 세상의 고통을 이겨낼 자력을 생성해낸다. 어미가 옆에서 일으켜주지 않아도, 외부 환경에 의지하지 않고, 자기의 뒷다리로 스스로 일어설 수 있는 힘이 생기는 것이다.

따뜻한 유대의 경험이란 엄혹한 세계를 직면하는 추동력이 된다. 그리하여 이 시에서 새끼 소가 처음으로 뒷다리를 일으키는 장면은 마치 영화 〈그래비티Gravity, 2013〉에서 주인공이 대지를 딛고 직립으로 일어서는 마지막 장면처럼 숭고한 감정을 준다. 전통적으로 문학주제학에서 '다리'라는 것은 신체의 상반신과 비교되는 영역 아니던가. 상반신의 뇌가 주로 느끼고 사고하는 영역을 담당한다면, 다리란 대지와 접촉하며 운동運動을 담당하는 영역으로 이해되어 왔다. 세계 내의 완고한 중력의 논리 속에 주저앉고 싶은 이를, 스스로의 다리로 지탱할 수 있도록 뒤에서 지켜봐주는 마음, 성급하게 윽박지르지 않고, "천천히 뒷다리를 일으키는" 과정을 축축한 눈망울이 되어 뒤에서 지켜봐주는 마음이 박일환 시의 본령을 이루고 있다.

그러한 마음으로 뒤에서 묵묵히 지지해주는 사람에게만 보이는 세계의 그늘이 있다. "가려진 발꿈치" 같은 것이 그러하다. 그리하여 시인은 "어쩌면 우리 현대사는/가려진 발꿈치를 들여다보는 일부터 다시 시작해야 할지도 모를 일"(「슬픈 현대사」)이라고 말한다. 소처럼 사족보행을 하며 느리게 몸을 지탱하던 인간이 비로소 이족보행으로 직립하여 한 발을 앞으로 내딛는 역사적 순간에도, 시인은 역사적인 첫걸음 자체에 '반해버리지' 않는다. 걷는 속도에 도취되지 않으며, 미래의 전진이라는 "사탕발림"에 넘어가는 것도 아니다. 그는 대지의 진창과 순전히 밀착되어 있던 발의 그늘, 그러나 대지를 내딛고 서 있던 발의 뒷면, 그 '가려진 발꿈치'를 바라본다.

3. 자두맛 언어

기존의 혀들이 정립하여 자연화해온 감각을 시인은 '가려진 발꿈치'들의 역사로 다시 쓴다. 심미성의 맛을 느끼던 미각味覺을 뒤에서 바라보는 새로운 미각美脚으로 다시 세워보는 방식이다. 이를테면 신경림의 시에서 수동적으로 울고 있던 '갈대'를 "키를 높이며" "도리질을 치곤하는"(「하얀 갈대」) 새로운 생태로 다시 풀어 써본다든지, 망국의 원인으로 지목되던 "망초"들이나 "쑥대밭"(「왕국을 위하여」)이라는 이름으로 비하되던 쑥대들에게 인과관계를 새로 써서 변호해주는 방식으로 말이다. "책상다리" 같은 사은유死隱喩를 장작으로 태워버리고, 그 무너져 내리는 잿더미로 못내 뜨거워지는 시를 상상하는 것도 유사한 작업이다.(「책상다리가 어느 날」) 오랫동안 교사로 재직해온 시인은 『표준국어대사전』의 '표준'을 비판하는 『미친 국어사전』이나 『국어선생님, 잠든 사투리를 깨우다』, 『국어선생님, 잠든 우리말을 깨우다』 등의 책을 집필한 바 있는데, 이러한 작업의 연장선상에서 그는 종래 언어가 가진 권력관계를 해체하며 시를 구성하는 것 같다. 세간에서 상식으로 정립되며 세상을 오해하게 하는 것들이나 우월적 지위나 상징으로 자리매김한 의미들에 대한 엄정한 의심의 태도가 그의 시 세계 전반에 깔려 있다.

이러한 그의 시작 태도를 이해하기 위해 시집의 첫머리에 있는 '시인의 말'을 참고해볼 수 있을 것 같다.

시를 쓰면서 늘 생각하는 비유란
결국 결합이다
이것과 저것, 여기와 저기를 접붙여
새로운 의미의 세계로 들어서는 것
그런 게 시의 기초라고 배웠다

길을 가다 음식점 간판에 붙은
'포장판매'
네 글자를 만났다
포장과 판매의 결합
거기서 새로운 의미, 예전에 없던 상품이 탄생했다

당신에게 가는 이 시집도 그렇다

그래서 나는 생각한다
내가 앞으로 계속 시를 쓴다면
결합이 아니라 분리에 집중해야 한다고
그동안 너무 많이 붙어먹었다는 것부터 고백해야 한다고

시인의 시작 태도에 대한 다짐을 엿볼 수 있는 글이다. 우리가 잘 알다시피 비유란 한 대상의 국면을 다른 대상으로 전이시키며 관용적이고 일상적인 언어의 표준화된 의미를 뒤바꾸어 놓는 가능성의 시도다. 관습화된 기성 언어를 탈출하고 가려진 것들의 새로운 의미망을 직조하는 문화적 실천이기도 하다. 그러나 전이된 것들의 참신성이 떨어진 채 죽은 비유가 되거나 표준화된 지배적 의미가 새로운 상상력을 억압하는 것, 문화적 불온성을 갖지 못한 채 새로운 결합에만 치중하여 하나의 상품으로 전락하는 상황은 현대사회의 비유가 맞닥뜨려야 할 엄연한 현실이기도 하다. 그는 기성의 언어를 의심하며, 그것에서 자립하여 끈질기게 질문하는 것이 오늘날 시를 쓰는 올곧은 자세라고 생각하는 것 같다.

비유라는 것이 유사하면서 상이한 것들이 결합하면서 이루는 긴장 관계라지만, 긴장은 고사하고 사유와 발견의 과정 없이 자동적으로 결합되어온 이름들은 또 얼마나 많은

가. 그의 말처럼 오늘날 매우 자연스럽게 사용하는 "포장판매"라는 말은 자본 질서의 편의와 지배적 취향에 의해 무의지적으로 결합된 말이다. 그러한 결합을 자연화하면서, 시를 쓰는 행위는 예전에 없던 언어를 탄생시키는 게 아니라 "예전에 없던 상품"을 "탄생"시키는 일이 되었다. 그는 세계에 떠도는 표현들을 문제시하지 않은 채 그대로 받아쓰기하고 감각적으로 즐길 때, 개별적인 인간의 삶이 어떤 식으로 타자화되고 소비될 수 있는지에 관심을 갖는다. 예컨대 대중적 브랜드로 인지되는 가수 나훈아의 "그늘" 뒤에서 이미테이션 가수들이 어떤 이름의 상품으로 파생되고 있는가를 살펴보는 방식으로 말이다. 언어의 결합은 무수한 상품의 증가를 낳지만, 오리지널로 인정받지 못한 상품들의 삶은 소외될 수밖에 없다. 그런 환경 속에서 "너훈아", "나운아, 니훈아"(「너훈아가 죽었다」)와 같이 새로운 음소 조합으로 엔터테인먼트 상품들이 파생되어온 것을 시인은 관심 깊게 바라본다. 상품화된 이름의 조합에서 굳이 음소를 분리해보며, 가수들의 삶의 기원과 구체성을 성찰해보는 것이다. 일회성의 흥밋거리로 전락하며 대중에게는 말장난처럼 흩어질 물화된 삶이지만, 시인은 "너훈아"의 빈소에서 '나'와 '너'라는 유사 음소의 이름을 가진 이들이 동일노동을 하며 겪었던 애환들에 주목한다. "나 뒤에서 너로 사는" 존재들이지만, 하나의 동일자로 포섭될 수 없는 개별적 존재들의 삶을

구체적으로 더듬어보는 방식이다.

　언어의 결합과 자본의 결탁으로 탄생된 상품들의 속내를 그는 아래의 시에서처럼 더 단단하게 물고 늘여보기도 한다.

　　자두맛사탕을 좋아하던 소녀가 죽었다
　　유치원복을 입을 때부터 자두맛사탕이 아니면 도리질을 치던 소녀는
　　중학생이 되어서도 달콤하고 시큼한 자두맛사탕을 입에 물고 다녔다

　　옥상에 남겨진 유서에는

　　자두맛사탕이 자두와 아무 관계가 없다는 걸 알고부터
　　더 이상 자두맛사탕을 좋아할 수 없게 되어 슬프다고 적혀 있었다

　　부모는 자두맛사탕의 비밀을 일러준 교사들을 고소했고
　　경찰은 교사들을 소환해서 조사했다
　　과학교사는 화학물질로 자두향을 내는 게 가능하다는 얘기를 한 적이 있다고 진술했으며
　　국어교사는 자두사탕과 자두맛사탕의 의미 구조가 다르다는 걸 설명한 적이 있다고 진술했다

경찰은 법조문을 뒤지기 시작했고
애국학부모연합회 대표는 난데없이 전교조가 종북 교육을
시킨 탓이라며
전교조 해체를 요구하는 성명서를 발표했다

소녀가 쓰던 교실 책상에는 국화 송이와 친구들이 보낸 편지
가 쌓였으나
자두맛사탕을 물고 다니는 소녀들의 숫자는 줄지 않았으며
내사를 종결한 경찰은 두 교사를 자살방조 혐의로 불구속
기소했다
일부에서 자두맛사탕 불매운동을 해야 한다는 이야기가 나
오기도 했으나
그럼 포도맛사탕은 괜찮냐는 항변에 흐지부지되었다

자두가 없어도 자두맛을 낼 줄 아는 현대 문명 사회에서
자두맛은 자두보다 힘이 세다
그러므로 소녀의 죽음은
장차 자두가 사라질지도 모른다는 두려움 때문이라는 걸 아
무도 눈치채지 못하는 사이에
자두맛종북, 자두맛사랑, 자두맛대통령, 자두맛예수, 자두
맛종말까지 온갖 자두맛들이 환호작약하며 봄날 백목련이 벌

듯 팡팡 터지는 것이었다

—「자두맛사탕」전문

일견 우의적 어조의 단순성이 느껴지기는 하지만, 이 시에서는 박일환 시가 문제 삼는 현대사회의 문화적 본질이 노골적으로 드러나 있다. 실제보다 더 현실적으로 즐기던 '자두맛사탕'은 가상의 상품이다. 자두의 향flavoring이 가미된 복제품이자 유사 실제인 것이다. 그러나 마치 비유의 메커니즘같이 유사성을 통해 동일성을 확보하며 자두맛과 자두는 하나로 인식되기 시작한다. 자본주의의 대량생산의 시스템에서 자두맛과 자두의 비교 자체가 무의미함은 물론이다. "아무도 눈치채지 못하는 사이에", 아니 그런 자동적 결합의 속임수를 의식하려 들지 않는 사이에, 자두맛사탕은 자두사탕의 존재를 지워버렸다. 환금성이 있는 자두맛은 실제 대상보다 더 유용한 가치를 갖기 때문이다. 어쩌면 '자두맛사탕'은 실제 자두로 만들어진 사탕이 존재하지 않는다는 것을 보여주기 위해 존재하는지도 모른다.

자두의 존재를 인식하게 된 것은 한 중학생 소녀의 '죽음' 사건을 통해서였다. 입에 물고 다니며 자기 취향과 정체성으로 삼았던 '자두맛사탕'이었지만, 그 혀의 맛에서 빠져나와 실체를 바로 보는 '자기 인식'은 예외적인 죽음 사건을 불러왔다. 세상은 소란해지고, 이로써 모두들 모른 척하던 사이비 '자두맛사탕'과 '자두'와의 관계가 비로소 조명되기 시작했다.

소녀의 유서에 남겨진 허망하고도 분명한 죽음의 동기는 죽음의 인과관계를 따져나가는 세속 도시인들의 복잡하고 혼란한 싸움과 대비되며, 역사적 비의를 드러낸다. '누군가의 분명한 죽음'과 '이를 희석시키는 불확실한 담론' 사이에서 '자두맛'의 "현대 문명 사회"는 기만적으로 유지되어왔는지 모른다. "자두맛은 자두보다 힘이 세"져서, 이제 스스로의 속도로 유사 복제품을 대량생산한다. 진실을 희석시켜온 담론들의 다른 이름들일까. 진실 앞에서 인정투쟁을 하며 스스로의 논의를 상품화하는 과정일까. "자두맛종북, 자두맛사랑, 자두맛대통령, 자두맛예수, 자두맛종말까지 온갖 자두맛들이 환호작약하며 봄날 백목련이 벌듯 팡팡 터"져나간다. 유사한 맛을 내며 진실에 "붙어먹"는 유혹의 수사修辭가 그동안 삶의 실제를 어떻게 가려왔는지, 죽음들을 통해 질문되던 삶의 진실들을 어떤 식으로 흐려왔는지, 그리하여 대량으로 쏟아지는 소란한 담론들이 자두맛의 기만적 세계 속에 우리를 어떤 방식으로 주저앉게 해왔는지를 증명하면서 말이다.

그렇다면 백목련 터지는 그 화려한 봄날의 이미지 뒤에는 무엇이 있던가. 아무리 이야기해도 다 이야기되지 못하는 소녀의 죽음 사건이 있었지 않은가. 봄날에 앞서 지난 계절 "살아서 돌아오지 못한", "꺾여 나간 나뭇가지"들이 도처에 즐비하다. 시인은 "무수한 죽음이 있었다는 걸"(「등 뒤의 시간」)기억하며, 유사 실제의 화려한 물적 공세와 자본의 속도가 제공하는 망각의 유혹에서 분리되고자 한다. 시집 첫 장에서부터 시인이 다짐하듯이, "그래서" "생각"해야 하는 것이다. 반드시 의심해야 한다고, 정신을 똑똑히 차려보겠다고, 그는 자기 다짐의 시를 지속해나간다.

4. 그래서 나는 기억한다

시인은 사릉역에 정차 중이다. 단종의 부인 정순왕후가 여든두 해 동안 오로지 단종을 생각하던 곳인 사릉思陵은 그에게 생각을 촉발시키는 무덤이기도 하다. "봄비 그치는 날" 청춘열차를 앞서 보내며 "열일곱 단종의 나이를 헤아"릴 때, "모든 앞서간 청춘은 슬픈 것"(「사릉역의 추억」)이라고 되뇔 때, 시인이 가는 길은 모두 '사릉'이 되는 것 같다. 그의 이번 시집에서 '생각하다'는 동사는 유난히 자주 보이는 표현인데, 죽음과 무덤의 장소 앞에서 그러한 생각들의 연쇄는 더 세차게 몰아치는 것 같다.

　　죽었으니까 죽었다

이 말에 토 달지 마라

섣부른 변명도 하지 마라

(⋯)

그러니, 누가 죽였는가?

끈질기게 묻고 또 물어야 한다

저주의 손가락이 나를 향할지라도 피하지 말고

물으면서 가야 한다

내가 준비한 답이 틀릴 수도 있고

믿고 싶은 답이 오답일 수도 있다는 걸

끊임없이 되새기며 묻고 또 물어야 한다

물으면서 가는 길에 당신을 만나야 한다

당신을 만나 함께 물어야 한다

둘이 만나면 둘이 묻고, 셋이 만나면 셋이 묻고

열이 만나면 열이, 백이 만나면 백이

누가 죽였는가?

함께 물으며 가야 한다

물으며 가는 길에 철조망이 있으면 철조망을 걷어내며 가고

물으며 가는 길에 유령을 만나면 유령과 싸우며 가고
물으며 가는 길에 망각이 달라붙으면 망각을 뿌리치며 가고
서둘러 답안지를 채우려는 조급함보다는
보이지 않는 심해 저 밑바닥의 바닥까지 내려가
소환할 수 있는 건 모두 소환해서 따져 물어야 한다

질문을 두려워하는 자들이 내놓는 말은 다 헛것이니
애도와 추모의 완성은
누가 죽였는가?
이 물음이 끝난 다음에 이루어질 것이다

—「팽목항에서」 부분

마치 자본의 속도 앞에 질 수 없다는 듯이 매우 속도감 있는 질문이 연쇄되는 이 시는 "죽였으니까 죽었다"는 매우 근본적인 사실로부터 시작되고 있다. 천천히 침몰하는 세월호 선박과 공권력의 느린 초동 대처는 살아남은 자들로 하여금 외면할 수 없는 현실들을 자세히 목도하게 하였다. 그러나 생명에 대한 초동 대처는 느리되, 후속 대처로서의 담론 유포는 재빠른 게 지난날 공권력의 민낯 아니던가. 공권력의 입맛에 길들여진 유사 실제의 담론들이 "헛것"이 되어 우리의 시야를 가린다. '자두맛 사실'들이 팡팡 터지며 진실로 향한 시야를 방해하는 것이다. 피해자의 죽음 앞에서 혼탁

하게 달라붙는 유사 실제의 담론들. 그러한 헛것의 밀착과 접착을 이겨내기 위해 시인은 쉬지 않고 몰아쳐 생각한다.

"헛것"과 "망각"이 달라붙는 속도를 이겨내려는 리듬의 힘이 이 시에는 잘 드러난다. 이는 "서둘러 답안지를 채우려는 조급한" 리듬이 아니다. 애도와 추모로 다급히 봉합하려는 손길에 저항해가는 세찬 봇물이다. "보이지 않는 심해"에서 유사 실제의 담론이 자신을 장악하지 않도록, 자기 스스로에게 지속적으로 요구하는 내부 강령이기도 하다. 그리하여 어려운 비유 하나 사용하지 않은 채 서술적 어조의 질문들로 전개되는 이 시는 단지 질문의 속도만으로, 의문형의 리듬적 연쇄만으로, 사안의 엄중함과 고통의 정동을 여실히 드러내고 있다.

'생각하다'의 옛말에는 '사랑하다'라는 뜻도 들어 있었다 했던가. 느리게 소걸음으로 걷고자 하는 시인에게 이런 속도감은 이례적인 것이다. 시인은 사랑하던 것들을 향해 쉼없이, 세차게 질문해댄다. "저 밑바닥의 바닥까지" 파헤쳐 생각해낸다. 놓지 못한 생각들로, 놓칠 수 없는 생각들을 토해내듯 쏟아내는 것이다. 아마도 아픈 것들에 생각이 가고, 그립던 것들에 마음이 가기 때문이리라. 헛것에 삼켜지기 전에, 망령의 파도에 수장되기 전에, 그는 다시, 생각한다. 고로 기억한다.

5. 나란히 옆에 눕는

자본의 입맛이 지배하는 사회에서 '자두맛언어', '자두맛진실'들을 미처 소화할 수 없는 이들은 그렇다면 어디를 헤매고 있을까. 박일환 시인은 "심해 저 밑바닥"에 가려진 그 진실들을 위해 "40일 동안 수저를 들지 않은 손"을 떠나지 못한다. 사랑하는 딸을 잃고 단식을 시작한 아빠의 앙상한 팔을 보며, 시인은 "굶지도 않고 수저보다 얇아진 내 언어"에 부끄러워하는 것이다. 고통 받아 말라가는 신체의 가녀린 팔, 그 야윈 몸이 주는 실물감은 피붙이로 하여금 가장 솔직하고 아픈 질문을 불러온다. "아빠 팔이 왜 이렇게 얇아?"라는 물음은 그 어떤 추상적 질문보다 뜨거운 피붙이의 언어다. 그 발열하는 살의 언어와 피붙이들이 느끼는 생체험의 진실 속에서 시인은 그저 "힘없이 미끄러지"(「아빠 팔이 왜 이렇게 얇아?」)는 자신의 질문들을 바라본다.

뭐든지 삼켜버리는 자본의 포식성 앞에서 섭취를 중단한 채 단식을 감행하는 이들의 고통이란 언어로 재현 불가능할 것이다. 시야를 가리는 자두맛의 망령들이 암약하면서 "목구멍 깊이 울음을 삼켜"온 그들의 고통은 또 하나의 식탐으로 오도되기도 한다. 그러나 자신의 언어가 '자두맛 망령'만큼 힘이 없어도, 그보다 자극적이지 않아 영향력이 없어도, 시인은 필연코 그들 곁에 가까이 다가서려 한다. 누군가의 젓가락처럼 얇아진 팔 옆에서 진실을 떠먹일 수 있는 순가락이 되겠다는 마음으로, "오랜 습관처럼 나란히 자신의 옆을 내어"보는 것이다. "저녁 무렵" "식탁에 순가락과 젓가락을 가지런히 올려놓"(「식탁에 수저를 올리는 일」)듯이 그는 같은 자리에서 고통 받는 이들의 곁에 누워본다.

> 오늘 누가 목구멍 깊이 울음을 삼켰는지
> 묻지 말기로 하자
> 다만 식탁에 수저를 올려놓듯이
> 경건한 마음만 간직하기로 하자
>
> 당신의 부어오른 손등을 가만히 끌어당기는
> 저녁 무렵은 아무래도
> 저 가지런한 순가락과 젓가락 위로
> 가벼운 한숨처럼 스며들어야겠다
>
> ─「식탁에 수저를 올리는 일」 부분

함께 나란히 누워 진실의 허기를 채우려는 이를 경건히 기다려보는 일은 시인의 시적 사색의 원형이 된다. 언젠가 신영복 선생은 "관찰보다는 애정이, 애정보다는 실천이 실천보다는 입장의 동일함이 더 중요하다"며 "관계의 최고 형태"를 "입장의 동일함"(『감옥으로부터의 사색』)으로 꼽지 않았던가. 박일환 시인도 '포식의 동일성'이 아닌 '입장의 동일함' 속에서 무용하고 조촐한 시의 자리를 더듬어보는 것 같다. 나란한 입장으로 곁에 머물며 삶을 지지해주는 시인의 "오랜 습관" 덕분에 얼마나 무수한 신생의 발목들이 흔들리며 일어날 수 있었던가.

이 또한 그의 시 곁에 나란히 누워 있는 그의 삶 덕분이다. 어미 소의 믿음에 스스로 일어나는 송아지처럼, 숟가락과 젓가락의 보이지 않는 스크럼처럼, 따로 일어서고 곁에 눕는 일은 시를 통해 가능하리라 믿는다. 안녕히, 그리고 나란히.